I
C

Dello stesso autore
nei Tascabili Bompiani

A FUTURA MEMORIA

Leonardo Sciascia

LA STREGA E IL CAPITANO

introduzione di Giovanni Giudici

TASCABILI BOMPIANI

ISBN 88-452-2539-9

Via Mecenate 91 - Milano

IV edizione "Tascabili Bompiani" giugno 1995

INTRODUZIONE
di
Giovanni Giudici

La strega, insegna Michelet, nasce nella tenebra del medioevo, nel fango e nella solitudine della casupola ai piedi del castello, dove la moglie del servo si sorprende a rispondere alle "voci": le parlano, le danno conforto. Ma il gran secolo delle streghe e dei demoni assunti al rango di capri espiatori, di occasioni d'iniquità legalizzata è il XVII: è il secolo dei diavoli di Loudun, in Francia; è il secolo della peste lanzichenecca e degli untori, in Italia. L'untore si direbbe, del resto, una specie di maschio della strega: entrambi vengono immolati dal potere l'uno alla rabbia popolare, l'altro alla superstizione; sono loro, in un modo o nell'altro, che pagano lo scotto di ben più gravi insufficienze politiche, sociali, culturali. E ogni secolo, di untori e di streghe, avrà i suoi. Ogni paese avrà i suoi. Perché i falsi idoli reclamano, in ogni età, vittime vere.

La strega e il capitano, il racconto che, rifacendosi a un minimo accenno contenuto nel XXXI capitolo dei *Promessi sposi*, Leonardo Sciascia ha pubblicato prima a puntate su un quotidiano e poi presso Bompiani, si aggiunge al già copioso "dossier" (sotto specie di narrazioni) accumulato dallo scrittore siciliano in una, diciamo così, campagna neo-illuministica che coincide con la sua ragguardevole carriera letteraria. È la storia di una donna, una povera serva che, in un clima che già preannuncia quello della *Storia della colonna infame*, si lascia convincere di stregoneria nella vana speranza che la confessione anche di mali non commessi possa valere (e non valse) a salvare il salvabile di se stessa.

Sciascia procede, come già in altri casi, secondo un metodo da istruttoria: registra e racconta senza inventare, benché la sua vera inventività e dunque il marchio dello scrittore siano precisamente nel minuzioso montaggio delle citazioni e in uno stile che (nel deliberato "omaggio" al Manzoni) si raccomanda per la sua essenzialità.

La strega e il capitano è certamente quel che si può e si deve chiamare un racconto storico; e Sciascia è, come dicevamo, uno scrittore che ha precipuamente il dono del raccontare, ma insieme a questo anche una ben nota vocazione di moralista pubblico e in definitiva di "spectator" politico che lo porta, sempre e comunque, alla riflessione sull'attualità. Si potrà anche dissentire da questa o quella sua presa di posizione in politica; ma dopo qualche anno che non mi accadeva più di leggerlo, questo pur breve racconto mi ha riportato di lui l'immagine grave e cordiale, ironica e persuasiva, che mi era rimasta impressa dalle sue prove maggiori (da *Il giorno della civetta* a *Il contesto*, da *Il Consiglio d'Egitto* a *A ciascuno il suo*, per non parlare, già che siamo in tema di istruttorie, della *Scomparsa di Majorana* o anche de *L'affaire Moro*).

Certo sono passati i tempi in cui, come in questa storia, il medico che non sa più che pesci prendere imputa la causa del male alle stregonerie di una malcapitata Caterina e con ciò affida il malato agli uffici dell'esorcista. "Mirabile comodità", commenta Sciascia, "venuta in oggi meno alla medicina: a meno che non le si vogliano assomigliare l'attribuire i mali alla psiche e il far ricorso agli esorcismi psicanalitici."

"L'Espresso", 2 marzo 1986

LA STREGA E IL CAPITANO

Car tu n'avais eu qu'à paraître,
qu'à jeter un regard sur moi,
pour t'emparer de tout mon être,
oh ma Carmen!
Et j'étais une chose à toi!
Carmen, je t'aime!

Meilhac e Halévy, *Carmen*

I promessi sposi, capitolo XXXI: "Il protofisico Lodovico Settala, allora poco men che ottuagenario, stato professore di medicina all'università di Pavia, poi di filosofia morale a Milano, autore di molte opere riputatissime allora, chiaro per inviti a cattedre d'altre università, Ingolstadt, Pisa, Bologna, Padova, e per il rifiuto di tutti questi inviti, era certamente uno degli uomini più autorevoli del suo tempo. Alla riputazione della scienza s'aggiungeva quella della vita, e all'ammirazione la benevolenza, per la sua gran carità nel curare e nel beneficare i poveri. E, una cosa che in noi turba e contrista il sentimento di stima ispirato da questi meriti, ma che allora doveva renderlo più generale e più forte, il pover'uomo partecipava de' pregiudizi più comuni e più funesti de' suoi contemporanei: era più avanti di loro, ma senza allontanarsi dalla schiera, che è quello che attira i guai, e fa molte volte perdere l'autorità acquistata in altre maniere. Eppure quella grandissima che godeva, non solo non bastò a vincere, in questo caso, l'opinion di quello che i poeti chiamavan volgo profano, e i capocomici, rispettabile pubblico; ma non poté salvarlo dall'animosità e dagl'insulti di quella parte di esso, che corre più facilmente da' giudizi alle dimostrazioni e ai fatti.

"Un giorno che andava in bussola a visitare i suoi ammalati, principiò a radunarglisi intorno gente, gridando esser lui il capo di coloro che volevano per forza che ci fosse la peste; lui che metteva in ispavento la città, con quel suo cipiglio, con quella sua barbaccia: tutto per dar da fare ai medici. La folla e il furore andavan crescendo: i portantini, vedendo la mala parata, ricoverarono il padrone in una casa d'amici, che per sorte era vicina. Questo gli toccò per aver veduto chiaro, detto ciò che era, e voluto salvar dalla peste molte migliaia di persone: quando, con un suo deplorabile consulto, cooperò a far torturare, tanagliare e bruciare, come strega, una povera infelice sventurata, perché il suo padrone pativa dolori strani di stomaco, e un altro padrone di prima era stato fortemente innamorato di lei, allora ne avrà avuta presso il pubblico nuova lode di sapiente e, ciò che è intollerabile a pensare, nuovo titolo di benemerito."

Per questo fatto, da cui il Settala avrebbe dovuto riscuotere biasimo invece che lode (non ricordato nelle prime due stesure del romanzo), Manzoni rimanda, in nota, alla *Storia di Milano* del conte Pietro Verri che a Milano, per cura di Pietro Custodi, era stata pubblicata nel 1825: e precisamente alla pagina 155 del quarto tomo. Ma, per l'esattezza, è alle pagine 151-152 che il Verri lo ricorda: quando, a proposito del malgoverno di don Pietro di Toledo, dice che il Senato milanese, "quasi d'accordo col dispotismo del Governatore a far inselvatichire più presto la Nazione, occupavasi del processo d'una strega, e *mosso a compassione per la frequenza de' sortilegi ed altre arti infernali che infestavano la Città e l'intiera Provincia*, sentenziava che fosse bruciata". A questo accenno, segue una lunga nota: che comincia alla pagina 152 e si dislaga fino alla 157, fittamente e quasi interamente occupando dunque ben sei pagine. Evidentemente scritta dal Custodi riassumendo il fatto per come il Verri lo raccontava negli *Annali*; e si può presumere il Verri ne avesse scritto con le carte processuali sotto gli occhi: e copiando o riassumendo fedelmente certi passi, sorvolando senz'attenzione su altri.

Proprio da questa nota, il Custodi muove l'ultimo e risolutivo colpo polemico contro il canonico Frisi: primo editore della *Storia* del Verri, ma colpevole di interpolazioni, tagli e fraintendimenti. "Ancora un esempio," – dice il Custodi – "e darò fine. Negli *Annali* riportò il Verri, sotto l'anno 1617, il racconto di una misera cameriera, stata bruciata come strega per avere ammaliato il Senatore Melzi. Il Frisi l'omise nel manoscritto del suo terzo Tomo, e lasciò negli *Annali* del conte Verri l'annotazione di averlo fatto avvertitamente perché *molte principali persone vi fanno poca buona figura e la notizia della strega non interessa la Storia*. Interessava meno la Storia la nomenclatura de' ballerini e de' balli del secolo XVI; eppure per non ometterla le diede un posto fuor di luogo, anticipandola di cinquant'anni. Il vero è che quella nomenclatura faceva conoscere i costumi piacevoli de' nostri maggiori, e il racconto della strega mostrava per il contrario l'ignoranza e i costumi barbari di essi, anche nelle classi più eminenti."

Non si rende conto il Custodi, o non vuole, che anche nell'omissione il Frisi faceva questione di nomenclatura (ma non risuona da qualche parte, ai giorni nostri, questa parola?), che riguardo alla nomenclatura si faceva preoccupazione e scrupolo. A parte il rispetto che si credeva dovuto alle istituzioni, e che fu remora alle *Osservazioni sulla tortura* dello stesso Verri (scritte nel 1777, pubblicate nel 1804: poiché si credette, dice l'editore, "che l'estimazione del senato potesse restar macchiata dall'antica infamia"; e Manzoni, alle ultime righe della *Colonna Infame*, si rammarica dell'ulteriore ritardo della verità a venir fuori, ma trova giusto il "riguardo": "Il padre dell'illustre scrittore era presidente del senato"), non era opportuno mancar di "riguardo" alla famiglia Melzi, allora – epoca napoleonica – all'apice, facendo cadere biasimo su due antenati, sia pure lontani. E c'è da credere che un uguale "riguardo", ma non insorgente per opportunismo o timore, per più o meno consapevole solidarietà di classe piuttosto, abbia trattenuto il Manzoni non solo dal fare il nome del senatore Luigi Melzi (e conseguentemente del capitano Vacallo) nel passo del romanzo in cui, a riprovazione del Settala, ricorda questo processo per stregoneria, ma anche dal concedersi (è il caso di dire) una nomenclatura quando nel romanzo entrano la famiglia Leyva, il vicario di provvisione e altri minori personaggi di ben più che "alto affare" (semplicemente di "alto affare" erano don Ferrante e moglie): inibizione che trova una felice e suggestiva impennata in quel far nome dell'assenza di un nome: l'Innominato.

L'uomo di cui il Manzoni tace il nome e che "pativa dolori strani di stomaco" era dunque il senatore Luigi Melzi. Nato nel 1554, aveva studiato legge a Padova e Bologna e si era laureato *in utroque* a Pavia nel 1577. Giureconsulto. Conte palatino. Tra i sette vicari generali dello Stato di Milano dal 1582. Dal 1586 vicario di provvisione della città (carica che quarant'anni dopo sarà del figlio). Consultore della Santa Inquisizione dal 1600. Questore del magistrato ordinario nel 1605, a sostituire Alessandro Serbelloni. E così via, in cariche d'autorità e in incarichi di prestigio: finché nel 1616, a sessantadue anni, lo troviamo afflitto da un mal di stomaco grave e continuo di cui i medici non riescono a diagnosticare la causa. Nell'esposto al Capitano di Giustizia, presentato il 26 dicembre 1616, il figlio Ludovico (secondogenito di tredici: e per la morte del primo ne raccoglierà poi il diritto, conseguendone quell'ascesa nelle cariche pubbliche che lo porterà a quella, travagliata in vita dal tumulto di San Martino, in morte dall'attenzione di Alessandro Manzoni, di vicario di provvisione) scrive: "De doi mesi et mezzo in qua in circa il signor Senatore mio Padre è ridotto a infirmità straordinaria, e tale, che non può mangiare, et del continuo ha dolore di stomaco grave accompagnato da continua malinconia, et per quanti remedij li siano stati dati, niente li ha giovato, sendo infirmità senza accidenti di febbre, non conosciuti dalli medici, però..." A questo "però", che è la ragione per cui Ludovico Melzi si rivolge al Capitano di Giustizia, è appeso – fosco grappolo di atroce sofferenza, di feroce stupidità – il caso della "povera infelice sventurata" Caterina Medici (e si noti come queste tre parole del Manzoni, aggiungendosi una all'altra in crescendo, ne riassumono la vita).

"... però mediante l'aggiuto divino" – continua Ludovico – "si è scoperto essere male causato da fassinationi et arte del Demonio fattogli da una serva di casa chiamata Caterina, la quale si è scoperto essere strega et che da quatordeci anni è in commercio carnale con il Diavolo, et è strega professa. Il modo con il quale fu scoperto delitto sì grave fu..."

Ecco: appunto il modo come il "delitto" fu scoperto rende questo processo per stregoneria meno ripetitivo e banale (c'è una banalità dell'atroce, della crudeltà, della sofferenza; c'è sempre stata, mai però così invadente e saturante come ai giorni nostri; e insomma, come è stato già detto: la banalità del male) di altri che conosciamo. Uguale a tanti altri nell'atrocità del procedimento e dell'esito, ma diverso – come vedremo – in quel che Ludovico Melzi proclama aiuto divino ed è invece, semplicemente, l'aiuto di un cretino che non riconosce in sé il divino. Il divino dell'amore. Il divino della passione amorosa. E viene da invocare (come Brancati, per un personaggio che non sapeva precisare e definire l'aspirazione alla libertà, invocava i poeti che la libertà avevano cantato): perché il canto quinto dell'*Inferno* di Dante o quello della pazzia di Orlando dell'Ariosto, un sonetto del Petrarca, un carme di Catullo, il dialogo di Romeo e Giulietta (proprio in quell'anno Shakespeare moriva) non volarono ad aiutare un tal nefasto cretino a guardare dentro di sé, a capirsi, a capire? (Poiché nulla di sé e del mondo sa la generalità degli uomini, se la letteratura non glielo apprende.)

Il capitano Vacallo: non è detto di qual milizia. Capitano, e basta. In servizio; e reduce da non sappiamo che "campo", quando il 30 novembre del 1616, giorno di Sant'Andrea, va ad alloggiare in casa Melzi. Con biglietto come il conte d'Almaviva o invitato del padron di casa? La considerazione di cui il casato godeva ci fa scartare l'ipotesi del biglietto d'alloggio: ma può darsi che, almeno nel distribuire alloggi agli uffiziali nelle case dei cittadini, ci fosse allora equità.

Il giorno dell'arrivo, Vacallo apprende del mal di stomaco di cui soffre il senatore, e che nemmeno i più illustri medici della città riescono a definirne la natura e a porvi rimedio. Ne resta – dice – sorpreso: segno che conferma la nostra impressione che i medici andassero allora con più sbrigativa sicurezza nel diagnosticare di quanto oggi vadano: ché almeno aspettano, oggi, il risultato di non poche analisi. Ma l'indomani sera, al momento di andarsene a letto, Vacallo vede andar per casa Caterina Medici, "la quale vedendomi si mise a ridere, et mi dimandò se era un pezzo che ero venuto dal Campo". Vacallo non le rispose: scontroso a una simile familiarità e folgorato da una certezza, più che da un sospetto. Come a far quattro da due e due, immediatamente collegò il male del senatore alla presenza di Caterina Medici in quella casa.

Subito cercò Gerolamo Melzi (altro figlio del senatore: e sarà vescovo di Pavia) e gli annunciò di aver scoperto da che venisse il male del padre suo: che si tenevano in casa una famosissima strega. Non sappiamo come, sul momento, Gerolamo reagì alla rivelazione: forse non con la preoccupazione e il fervore che Vacallo si aspettava, se l'indomani mattina Vacallo si sente in dovere di parlarne al senatore in persona: che non subito e non interamente presta fede alla rivelazione, parendogli che la sua cristianissima vita, la sua costante professione di pietà, avessero dovuto impedirgli di inciampare in simili cose, e specialmente con una fantesca che era "ritratto della stessa bruttezza". E qui è il senatore che davvero inciampa, che tocca un tasto stonato. A meno che il discorso tra lui e Vacallo non si sia svolto in tutt'altro modo, più confidente e spregiudicato, il riferimento alla bruttezza della fantesca suona incongruente e contraddittorio. La bruttezza è stata sempre attributo delle streghe: e il fatto che Caterina fosse "ritratto della bruttezza" era elemento che conferiva verosimiglianza alla rivelazione di Vacallo. E se il discorso si fosse invece svolto sulla più o meno velata insinuazione di Vacallo di un rapporto sessuale tra il senatore e la fantesca in quanto presupposto o effetto dei maneggi stregoneschi di lei? È un sospetto che ci verrà confermato da altri luoghi dall'incartamento processuale; ma intanto fermiamoci a immaginare il colloquio sulla insinuazione di Vacallo e sul negare del senatore: che la sua cristianissima vita e la bruttezza della donna potevano addursi a prova dell'inesistenza di un legame che fosse diverso di quello tra serva e padrone. In questi termini, la reazione del senatore appare meno incongruente e contraddittoria.

Comunque, il senatore un poco resistette ad accettare la rivelazione: ma lo inclinò a convincersene, col crescere dei dolori (e si capisce che, da un colloquio del genere, i dolori, che probabilmente erano di natura nervosa, crescessero), il dire di Vacallo che della fama di strega della fantesca si poteva avere indubitabile conferma da un certo cavalier Cavagnolo. Il senatore lo mandò subito a chiamare; ma Cavagnolo in quei giorni a Milano non si trovava. Vacallo, che ai giorni del mese non dà numeri, ma santi, dice che costui si presentò a casa Melzi la vigilia di San Tommaso: e cioè il 20 dicembre. Ma in quei venti giorni, tra la rivelazione di Vacallo e l'arrivo di Cavagnolo, tra il senatore che andava peggiorando "che si vedeva mancar la carne addosso" e quell'ospite pieno di zelo a liberarlo dal malefizio, la famiglia Melzi stette in ambascia e sospetto. Una cosa però appare certa: che non prestava intera fede a Vacallo. Ma quando le sorelle monache – quelle del monastero di San Bernardino: ché ce n'erano sei sparse nei monasteri della città – mandarono a dire a Ludovico che badasse il padre non fosse stato malefiziato e gli chiesero di mandar loro i cuscini su cui l'augusto genitore posava il capo, a Ludovico il sospetto e la richiesta saranno parse, più che una coincidenza, un segno celeste, un assenso divino: se, come lascia credere, le pie sorelle nulla sapevano delle rivelazioni di Vacallo.

Periziati a dovere dalle monache, i cuscini confermarono i loro sospetti e le affermazioni di Vacallo: nascondevano tre cuori fatti con nodi di filo di refe; e i nodi, di artificio diabolico, involgevano capelli di donna, legnetti, carboni e altre minute cose. E furono portati al curato di San Giovanni Laterano, esorcista, che già Cavagnolo era arrivato e ad abbondanza aveva confermato le affermazioni di Vacallo.

Il curato non dubitò un istante che quelle cose fossero strumenti del malefizio. Stentò a disgropparle, poi le buttò nel fuoco: e una fiammeggiò a forma di fiore e voleva saltar fuori, sicché bisognò tenerla con uno spiedo e farla consumare dal fuoco. Nel frattempo, i dolori di stomaco del senatore furono più del solito lancinanti: ma appena finito di bruciare i cuori, e dopo la benedizione dell'esorcista, cessarono.

Il cavaliere Andrea Cavagnolo punto per punto confermò la storia di Vacallo. Che era, appunto, storia di Vacallo: anni prima – nel 1613 precisamente – da lui vissuta con innegabile sofferenza, e che ancora l'agitava.

E qui finalmente, sulle carte del processo finora rimaste nell'archivio Melzi, possiamo dissolvere l'equivoco in cui è caduto Pietro Verri e tutti che dopo di lui si sono occupati del caso, Manzoni incluso, come abbiamo visto: le donne di nome Caterina erano due. Una giovanissima e, presumibilmente, bella; l'altra quarantenne e, a dire del senatore Melzi, brutta quanto il ritratto della bruttezza.

La Caterina giovane, che Vacallo chiama Caterinetta (e così da ora la chiameremo), per cognome o per luogo di provenienza detta da Varese, viveva già in casa del capitano Vacallo quando l'altra Caterina vi entrò come fantesca, e a quanto pare insieme alla madre, di nome Isabetta. La Caterina imputata di stregoneria dice che nei primi suoi giorni di servizio in quella casa credette Caterinetta fosse moglie di Vacallo, poiché dormiva con lui; seppe poi che era "sua femina". L'apprendere che non era moglie, ma "femina", forse la portò a familiarizzare con lei e a darle dei consigli a far sì che da "femina" si promuovesse a moglie: fatto sta che il capitano, che tranquillamente fino a quel punto si era goduto Caterinetta, dall'arrivo di Caterina in poi aveva avuto, da parte di Caterinetta e della madre, il tribolo e l'assillo della richiesta di giuste e riparatrici nozze. Caterinetta si era fatta certamente più spinosa, meno arrendevole, meno docile ai suoi desideri; e la madre più petulante e riottosa. A quel punto, un uomo della condizione di Vacallo avrebbe buttato fuori di casa madre e figlia: poiché al sentimento e alle regole dell'onore, in quel secolo di estensione e complessità quasi sterminate, la proposta di un consimile matrimonio si poteva considerare un grave attentato. Ma – e qui stava "el busilis" – Vacallo era innamorato di Caterinetta. "Fortemente innamorato", dice Manzoni. Per cui, non rendendosi conto di come, dentro di sé, tra l'andare a letto con Caterinetta e l'onore che sposandola avrebbe perduto, potesse restare smarrito ed incerto, non decidendosi a cacciarla fuori e, pur repugnante, forse rimandando al momento più estremo e disperato la decisione di tenersela per matrimonio, nella sua mente cominciò a prender luogo la credenza che una forza esterna e superiore lo legasse alla donna: una magia, un malefizio. E tentò di toglierselo offrendo del denaro alla madre e, poiché stava per andare in Spagna, promettendo che al ritorno avrebbe sposato Caterinetta: "la menai ad un mio scrittoio, nel quale c'erano circa cento doppie di Spagna, per uso del viaggio, e le dissi: Madonna Isabetta, io sono malefiziato per la vostra figliola e vi prego che mi aiutate affinché possa andare in Spagna, dov'è la mia ventura; e tornato, vi prometto di sposare la vostra figliola; e pigliatevi intanto che denari volete. Ma questo dicevo per ingannarla, perché mi liberasse del malefizio. E lei mi rispose che sarei andato in Spagna, che vi avrei negoziato felicemente e che, tornato, avrei dovuto sposare sua figlia. E forse avrebbe aggiunto e confessato altro, se non fosse sopraggiunta gente a disturbarci, sicché restai avviluppato da queste male donne, che se bene desideravo levarmele di torno, non potevo".

Perché non riprendesse con madonna Isabetta un colloquio così promettente, non lo dice. Forse non era così promettente come vuol credere, o lasciar credere; e che la donna altro non avrebbe ripetuto che il suo augurio – da Vacallo preso come vaticinio – per il viaggio in Spagna e ribadito il dovere, che lui aveva, di sposare Caterinetta. Per quanto di poca perspicacia, anche se si illudeva di strappare alla donna una qualche confessione sulla magaria di cui lui era oggetto, o almeno un qualche indizio, Vacallo si era reso probabilmente conto che nemmeno le doppie di Spagna sarebbero valse a far desistere quella madre dalla pratica dell'incantesimo; ché era incantesimo anche per lei, il vagheggiare le nozze della figlia col capitano. Del resto, lui era certo che il malefizio c'era e che come veleno gli correva dentro: che Isabetta lo negasse o, alle strette, ne rivelasse qualche indizio o l'intera macchinazione, non faceva differenza. Il problema era che desistesse. Ma come era possibile, di fronte al sogno del matrimonio altolocato? E come si poteva esser sicuri che al malefizio quelle "male donne" mettessero fine?

Non si curò dunque di riprendere il colloquio. Cercò altro soccorso, tenendosi le doppie per il viaggio.

Lo trovò in padre Scipione Carera, in padre Albertino e nel signor Gerolamo Homati, cui è probabile lo avesse indirizzato il cavalier Cavagnolo, su cui Vacallo riversava la confidenza delle sue pene d'amore. Ma quei tre adottarono una troppo decisa e crudele misura: "mi levarono di casa la detta Caterinetta, e la menarono nel refugio". Evidentemente, poiché non c'era quella specie di convalescenziario per streghe e stregoni – da ricoverarveli dopo scontata la prigione – che il cardinale Federico Borromeo aveva concepito nel 1597 e alla cui realizzazione la curia rinuncerà nel 1620, ma incamerando nel Banco di Sant'Ambrogio (possiamo dire nel Banco Ambrosiano?) la non irrisoria somma di lire imperiali 3252 che allo scopo era stata raccolta; e poiché un tale istituto non c'era e non ci sarebbe mai stato (ma resta come un luogo di grottesca fantasia, anche se alla nostra "manca possa" a vederlo nelle sue regole e nella sua quotidianità), è ovvio pensare che Caterinetta fosse stata condotta in una di quelle case dove trovavano letto e minestra le vecchie prostitute e le pentite: delle "repentite", come si diceva a Palermo; che non vuol dire di quelle che si ripentivano, in questo paese che di pentiti e ripentiti ha avuto sempre abbondanza, ma delle ree pentite, di quelle per qualche reità già condannate e, scontata la prigione, libere di morir di fame o di accettare quel rifugio.

Vacallo si sentì impazzire. Passò la notte sentendosi morire "di spavento, di tremori e di passione di cuore; e gridavo che pareva avessi stregato il cuore; e così penai tutta la notte". Appena giorno, andò dal curato di San Giovanni Laterano, gli raccontò tutta la storia e l'infernale notte che aveva passato. Il curato gli disse che era "malamente malefiziato". E aveva ragione: malefizi di più blandi effetti potevano essercene, ma quando si era innamorati come Vacallo era di Caterinetta, difficile da estirpare e violento si faceva il male. Non ebbero infatti effetto le cose che il curato lesse in un suo libro, né l'esorcizzarlo; per cui volle far sopralluogo in casa di Vacallo, e scoprire i possibili, e anzi senz'altro certi, corpi di reato. E li trovò, si capisce, nel letto: e tra altre "porcherie", un filo, esattamente pari alla circonferenza della testa di Vacallo, con "tre nodi distinti: uno stretto, l'altro meno e il terzo più vano; e mi disse detto curato che se il terzo nodo si stringeva più, sarei stato sforzato a sposarmi con la detta Caterinetta o morire". E perché quelle "male donne" non abbiano stretto il terzo nodo, non si capisce: a meno che non avessero avuto il timore che tra il matrimonio e la morte Vacallo non scegliesse la morte, mandando in fumo il loro progetto. Ma Vacallo confessa che era arrivato a tal punto "che se avessi avuto tutto il mondo da una parte, e dall'altra la detta Caterinetta, avrei pigliato lei, e avrei lasciato tutto il mondo". Non ci voleva, dunque, che una stretta al terzo nodo: a dissolvere quel che ancora di "tutto il mondo" sopravviveva in Vacallo e sorreggeva il suo negarsi alle nozze: e cioè il senso dell'onore.

"Lo stesso giorno che il detto curato scoperse il detto malefizio, mi risolsi di mandar via la detta Caterina fantesca, che andò a stare per un anno in casa del conte Alberigo; ma sospettavo che quando ero fuori di casa veniva a rinnovarmi i malefizi, poiché andava sovente in casa di detta Isabetta, con la quale non aveva a fare cosa alcuna, tranne che il trattar cosa di mio danno; e Isabetta, sotto pretesto di mandare uova alla sua figliuola, al refugio in cui si trovava, mandava a dire che stesse salda, che per forza sarebbe bisognato che io la pigliassi in moglie..." E ancora confessa: "e a dire a Vostra Signoria il vero, mentre andavo a Genova per il viaggio in Spagna, mi pareva che io fossi menato alla forca, e mi venne la tentazione di gettarmi nel mare, e mi venivano certe passioni di cuore come fossi stato per morire". E di questo suo stato aveva certo notizia, tramite la strega, Caterinetta, se fino a quando lui tornò dalla Spagna si diceva certa che l'avrebbe sposata.

Dove Caterinetta e sua madre fossero finite quando, nel dicembre del 1616, comincia – grazie a Vacallo – il calvario di Caterina Medici, non lo sappiamo. Non lo sapeva nemmeno Caterina Medici che, ad un certo punto, gli strazi che le somministravano convinsero a chiamarle, insieme a tanti altri, in correità: per come si desiderava e per come polizie e giudici invariabilmente desiderano. Né lo seppe il Capitano di Giustizia, che certo non mancò a diligenti indagini per ritrovarle e così, affoltendo il numero delle vittime, rendere più festoso lo spettacolo dei supplizi e delle esecuzioni. Don Pietro di Toledo e il senato milanese erano proprio decisi a estirpare, con l'alacre aiuto dell'Inquisizione, la malapianta della stregoneria: che per diffusione ed effetti bisogna ammettere che doveva essere piuttosto preoccupante. Erano pratiche, quelle della stregoneria, che esercitate a beneficio di una clientela pagante – mogli che non sopportavano più i loro mariti; familiari in prescia di avere eredità da parenti che avevano beni al sole o nascondevano il loro gruzzolo; donne che, come Caterinetta, aspiravano a nozze altolocate; spasimanti che volevano arrendere fanciulle alle loro voglie – spesso avevano come ingredienti sostanze stupefacenti e veleni. Che di meglio dell'arsenico per liberarsi di un marito fastidioso o per abbreviare la vita di un parente ricco? Se oggi si calcola che in Italia operano almeno ventimila professionisti dell'occulto (*Corriere della sera* del 23 giugno 1985: l'intera pagina 23 dedicata agli "stregoni"), c'è da immaginare quanti ne operassero nel meno "illuminato" secolo XVII. E c'è da dire che da un certo punto in poi (e potrebbe far da crinale *Il processo di Frine* di Scarfoglio), la diffusione di nozioni mediche e farmacologiche e l'impiego di veleni per domestico uso, ha fatto sì che i venefici si compiano senza l'intervento delle fattucchiere: per cui, paradossalmente, le pratiche di fattucchieria sono oggi più magiche e meno effettuali – meno effettuali, in senso menomante o letale – che nei passati secoli.

Caterinetta e sua madre sono dunque, al momento in cui la "giustizia" azzanna Caterina Medici, irreperibili come Renzo dopo il tumulto di San Martino. Forse avevano anche loro passato l'Adda e si trovavano in terra di San Marco. E ci piacerebbe sapere del loro destino: e specialmente se, doppiato lo scoglio del meretricio e della ruffianeria, che già duramente si profilava nelle loro vite, Caterinetta fosse riuscita ad accasarsi con un qualche capitano convinto di esserne innamorato, soltanto "fortemente innamorato": come, con esatta essenzialità, Manzoni dice ne era –

senza averne intelligenza – il capitan Vacallo (e ci avviene senza volerlo di scrivere "capitan" invece che "capitano": per un momento intravedendolo come maschera della commedia dell'arte: in comicità, in buffoneria). E ugualmente irreperibili è da credere siano risultate tutte le altre persone (o quasi) che Caterina Medici nomina come vittime o chiama in correità. A meno che non siano state, alcune, trovate e interrogate: ma accorgendosi gli inquirenti di sostanziali discordanze tra le loro testimonianze e le autoaccuse di Caterina, non abbiano eliminato dal processo quei verbali d'interrogatori. Per semplificare. Per accelerare. Per arrivare dritti e spediti alla condanna di Caterina. È potuto accadere. E crediamo che accada. Terrificante è sempre stata l'amministrazione della giustizia, e dovunque. Specialmente quando fedi, credenze, superstizioni, ragion di Stato o ragion di fazione la dominano o vi si insinuano.

Il "collegiato" Ludovico Melzi presentò dunque denuncia, contro Caterina Medici "strega professa", il 26 dicembre 1616. E un po' ci intriga il fatto che si dicesse "collegiato", se – secondo la biografia che del padre e del figlio pubblicò Felice Calvi nel 1878 – la sua ammissione al Collegio de' nobili giureconsulti (anche Ludovico si era, come il padre, laureato *in utroque* a Pavia) avvenne quasi esattamente un anno dopo, il 16 dicembre 1617. Festoso avvenimento cui parteciparono vistosamente Senato, nobiltà e autorità cittadine; e vi intervenne anche il cardinal Ludovisi, che quattro anni dopo ascenderà al soglio col nome di Gregorio XV. "Il signor Antonio Monti" – dice il Calvi – "coglieva l'occasione per leggervi un'acconcia orazione con cui tesseva le lodi del novello giureconsulto e della famiglia di lui; orazione che destò l'entusiasmo degli invitati." E se la festa si ebbe nel dicembre del 1617, c'è da immaginare non sia stato dimenticato dall'oratore, tra i meriti di Ludovico e del padre suo, quello di aver consegnato alla giustizia una strega. Ma se si tratta di una svista del Calvi (o del tipografo), e che la nomina a "collegiato" sia d'un anno prima, c'è invece da immaginare qual miscuglio di tripudio e di angoscia ribollisse in casa Melzi tra i preparativi per la festosa cerimonia e gli interrogatori di Caterina, le sue confessioni, le perquisizioni, gli esorcismi. A meno che Ludovico non fosse già, nel 1616, "collegiato" di chi sa quale altro Collegio: e nulla dunque ci sarebbe da immaginare.

Comunque, in casa Melzi – stando a quel che Ludovico racconta – per quasi venti giorni, tra la rivelazione di Vacallo e l'arrivo di Cavagnolo, quella rivelazione era stata silenziosamente covata in attesa, appunto, che Cavagnolo la confermasse. E sarà stato, Andrea Cavagnolo, uno di quei personaggi esuberanti, comunicativi, protettivi che, occupandosi dei fatti altrui e celando i propri, di solito oscuri o miserevoli, finiscono col riscuotere la confidenza e la fiducia del vicinato e magari di un intero quartiere, di un intero paese. Figlio di un dottor Rolando non sappiamo in quale professione addottorato, sarà venuto su, come si suol dire, senza arte né parte, contentandosi di un magro mantenimento o di una esile rendita, ma procacciandosi con espedienti il superfluo o l'apparenza del superfluo. Cavaliere lo dice Vacallo; e così probabilmente era titolato nel suo quartiere (che era, a quanto pare, quello di San Fedele): ma il Capitano di Giustizia, più attento ed esperto in fatto di titoli, si guarda bene dal dargli quello che evidentemente non gli spettava.

L'arrivo di Cavagnolo, il suo confermare e arricchire la rivelazione di Vacallo, suscita in casa Melzi un'alacre e febbrile attività inquirente: a tal punto che si può dire il processo fosse già stato formalmente istruito prima che arrivasse all'autorità cui spettava istruirlo. Nella denuncia di Ludovico Melzi, c'è già tutto: testimonianze, perizia medica, risultato di una perquisizione, confessione di Caterina. Confessione, sembra, facilmente ottenuta: e bastò ad ottenerla la semplice contestazione che si sapeva lei fosse una strega e che si era certi avesse malefiziato il senatore. Ma influì forse, a credersi perduta e a farle calcolare avrebbe riscosso più clemenza dal confessare e rimediare che dal negare e dall'ostinarsi nel malefizio, la presenza di Vacallo, di Cavagnolo, dei padri esorcisti, del medico. Perché questo è il punto: Caterina Medici credeva di essere una strega o, quanto meno, aveva fede nelle pratiche di stregoneria. E forse una fede meno intera di quella dei suoi accusatori: poiché, in fatto di stregoneria, l'inquisitore e l'inquisito, il carnefice e la vittima, partecipavano dell'uguale credenza; ma streghe e stregoni, dal vedere tante loro pratiche non sortire alcun effetto, qualche dubbio dovevano pure averlo, mentre ovviamente non ne avevano coloro che li temevano o che di pratiche stregonesche si credevano affetti – e ancora di più i padri inquisitori, i giudici.

Tornati a casa dopo il piccolo rogo degli oggetti del malefizio, e dopo avere il parroco di San Giovanni esorcizzato a dovere il senatore, Ludovico decise di affrontare Caterina e di costringerla a confessare e a rimediare. Dice di averla presa in disparte: ma non si capisce in disparte da chi, se Cavagnolo era certamente presente e, a quanto pare, altri chiamati poi a testimoniare. *Ex abrupto* l'accusa di aver fatto i malefizi a suo padre, e che se non glieli disfaceva come strega sarebbe stata bruciata. Caterina tentò di negare, "ma dicendole il Cavagnolo che non poteva negare di essere da lui conosciuta come strega", subito confessò di aver sottratto al senatore "una stringa e un bindello delle calze" e che nella stringa aveva fatto un nodo: a conseguire l'effetto che il senatore l'amasse. Stringa è parola che oggi ha lo stesso significato di allora: e nel vestiario di allora – nastri, cordoncini, lacciuoli – ce n'erano tante; ma che cosa fosse un "bindello" delle calze, possiamo soltanto arguire che fosse un filo o una striscia.

A questa prima confessione, la lasciarono andare: e non si capisce perché non abbiano continuato l'interrogatorio, avvantaggiati com'erano dall'*ex abrupto*. A meno che non le avessero consigliato di trar consiglio dalla notte che, come antica saggezza vuole, lo porta sempre buono e giusto: e per Caterina, a quel punto e dopo la prima ammissione, non poteva essere che quello della piena confessione e del liberare il senatore dalle coliche.

L'indomani, infatti, dall'insonne agitazione della notte, dall'ingigantirsi dei pericoli cui andava incontro non confessando quel che i suoi accusatori desideravano che confessasse, e insomma dalla paura di finire sul rogo, Caterina era in disposizione di confessare quel che aveva fatto e quel che non poteva aver fatto. Conduceva l'interrogatorio Cavagnolo, e Ludovico ne era silenzioso assistente.

Confessò, Caterina, di aver fatto i malefizi al senatore con l'aiuto del diavolo, col quale si era intrattenuta, ricevendone incoraggiamenti e istruzioni, la sera di San Francesco (e cioè il 4 ottobre: ma nessuno si diede la pena di verificare se le coliche del senatore cominciassero da quel punto), tra le due e le tre ore di notte. Il diavolo le aveva dato delle piume e del refe, e glieli aveva fatti annodare insieme, facendole durante quell'operazione recitare Padrenostro e Avemaria, ma mettendole la pelosa mano sulla bocca quando stava per pronunciare il nome di Gesù e l'amen, ché a quelle parole la possibilità del malefizio sarebbe svanita. Le piume e il refe così "groppiti", il diavolo le disse di metterli in capo al letto del senatore, recitando, stando in piedi, Pater ed Ave sempre senza Gesù e amen, e aspettandone l'infallibile esito: del senatore che sarebbe venuto al suo letto. Il che, come Caterina dice in altro luogo, puntualmente si verificò; e con piena soddisfazione di lei, forse perché mai il suo corpo era stato oggetto di tanta delicatezza quanto quella che il senatore quella notte usò. Comportamento sessuale da classe alta, vorremmo malignamente definirlo. Ma Caterina, giustamente paventando di accrescere l'ira e il desiderio di vendetta della famiglia Melzi e dei giudici, si guardò bene dal mostrar di credere che il senatore fosse quella notte entrato nel suo letto. Non il senatore, ma il diavolo che aveva preso le sembianze del senatore. "Una notte tra le cinque e le sei ore, che pure dormivo, venne detto Demonio in camera, e tirandomi la coperta d'addosso, mi si accostò nel letto dalla banda dritta senza parlare, ed era in persona di detto signor Senatore, che pareva la sua faccia, ed era vestito come lui..." Ma si corregge: "Era in camicia, e mi si accostò appresso; e sentii che era caldo, perché io sempre dormo nuda, e mi pose la mano dritta sullo stomaco; e sentii che la sua mano era tanto delicata, che non si poteva sentir la più dolce cosa; e sentii tanto gusto, mentre mi toccava le tette, che da me stessa mi corruppi; e stette con me il tempo di dire un miserere, e non mi fece altra cosa che mettermi la mano al petto senza mai parlare; ma quando si levò dal letto per andar via, sentii che aveva il fiato grandemente grave, e mentre andava fuori della camera guardai e vidi che non pareva più il signor Senatore, ma una cosa negra e brutta; e smarrita dissi 'Jesus Maria', ed esso Demonio andò giù per la scala facendo un gran rumore che pareva di trenta paia di Diavoli, e giù in cucina parve che tutti i piatti di peltro fossero gettati a terra (ma la mattina quando fui abbasso non trovai alcun peltro a terra); e partito il Demonio, poco dopo mi addormentai e dormii sino a giorno". Ha detto nettamente che il diavolo, nella sembianza del senatore, altro non fece che carezzarla (e questo pure al senatore bastò per "corrompersi"); ma all'inquisitore piace indugiare sull'argomento, insiste per sapere se non la "negoziò", se a lei non si congiunse. Ma su questo dettaglio, che sembra il solo vero e preciso in un contesto favoleggiante – di cose sentite raccontare e richiamate alla memoria per compiacere gli accusatori – Caterina non cede: "Signore no, che non mi negoziò; e non si meravigli Vostra Signoria se mi corruppi così presto, perché sono tanto calda di natura che non posso mai aspettare l'uomo". Ed è anche questo un tratto di verità, poiché tante delle sventure che travolsero la sua vita si può intravedere le venissero dall'essere "tanto calda di natura": il che con alquanta difficoltà si accetta oggi possa essere una donna, e figuriamoci nel XVII secolo, e nella condizione di Caterina.

In quanto ad aver avuto "negozio" col diavolo, e nella consapevolezza che fosse il diavolo, e più di una volta, Caterina particolareggiatamente se ne confessò. Ma teniamoci intanto al racconto di Ludovico.

Dopo l'interrogatorio condotto da Cavagnolo, la stessa mattina, Caterina ne subisce altro, e questa volta da un esperto: "il signor Giovan Pietro Soresina, Cancelliere del Santo Officio". Caterina ripete la confessione, riconferma che era stato il diavolo in persona a darle refe e penne e a insegnarle a "groppirli", suggerisce che quel groppo, che lei stessa con mano sicura estrasse dal letto del senatore, venisse subito bruciato: e il senatore "sarebbe risanato". Ma non era finita. Nel pomeriggio arrivò il dottor Giovan Battista Selvatico, che era un medico vecchio amico del senatore: e volle anche lui parlare con Caterina e, forse non convinto che quelle penne "groppite" nel refe bastasse bruciarle, impose a Caterina di disfarne i nodi: cosa che sarebbe stata di gran difficoltà per chiunque, ma lei destramente li disfece. Dopo di che, dalla stessa Caterina, fece bruciare refe e penne in uno scaldino. E si può immaginare di qual letizia abbondasse il dottor Selvatico – come poi i più autorevoli suoi colleghi Clerici e Settala – nel poter dimostrare che la scienza non era arrivata a diagnosticare il male del senatore non per difetto di essa scienza in coloro che la professavano, ma per diabolico ostacolo.

A due ore di notte tornò il curato di San Giovanni: andò in camera del senatore a leggergli orazioni atte a scongiurare il malefizio, poi scese da Caterina e "con grandi orazioni e devozioni la fece prostrar a terra" mettendole i piedi sul collo e, in questa positura, le impose "che rinunziasse a quanto aveva promesso al diavolo e di pentirsi di tanto errore, con promessa che in quanto ella poteva" avrebbe restituito a salute il senatore. Caterina rinunciò, promise. E passarono, gli astanti, a far perquisizione tra le sue robe, trovandovi una cartina "con dentro erba che non si è potuto comprendere cosa sia" e anche la stringa e il "bindello" sottratti al vestiario di qualche altra persona da malefiziare: ed erano già "aggroppiti", ma adoperandosi il curato per "sgroppirli", la stringa apparve "morsicata con denti, segno che quello che ha fatto tal groppo avesse rabbia di ottenere qualche suo intento". E Ludovico aggiunge, poiché la stringa non era di quelle adoperate dal senatore suo padre, che è possibile fosse del cocchiere di casa, "quale si è trovato ancora lui malefiziato, da alcuni giorni in qua patendo dolori di stomaco, e nel suo letto si è trovato un osso di oca con dentro delle piume bianche, un tralcio di roveto spinoso intrecciato di piume, una rosa piccola di piume bianche groppita con refe bianco".

Trovano anche, tra le cose di Caterina, una cintura di cuoio nerodorata, a circonferenza "d'uomo ben complesso", ad un capo con attaccato del refe bianco, all'altro un pezzo di legno legato con un "bindello" di seta morello: e chi sa quale altra anima e stomaco avrebbe imprigionati una tal diavoleria. Trovano anche dei capelli annodati – belli, rossi – e altre stringhe di filo di seta. E una lettera del 27 febbraio 1615, firmata Giovanni de Medici, in cui si davano notizie, che Caterina aveva chiesto, di un tale, innominato, che era stato ammalato per un mese e che si era levato "suso", "però non è sicuro che vada innanzi, perché ha tanto male alle gambe che non può andar troppo lontano". E non ci voleva di più per attribuire a malefizio di Caterina, all'efficacia anche a distanza di un suo malefizio, lo star male di quell'uomo e la sua prossima morte. Riguardo all'erba che nella querela Ludovico non sapeva cosa fosse, bisogna dire che quando è chiamato a testimoniare sa che si tratta di una "erba secca chiamata Andina": e l'avrà appreso dal medico Giacomo Antonio Clerici (col Selvatico e col Settala uno dei tre che, dall'alto della loro dotta ignoranza, e con effetto decisivo, certificarono essere Caterina "strega professa") che sull'"erba Andina", detta anche "yerba mate", sapeva tanto da lasciare, manoscritto, un trattato.

Giorni prima, era andato in casa Melzi "un esorcista famoso forastiero". Ludovico non ne ricorda il nome, ma vien fuori da altra testimonianza: Giulio Cesare Tiralli, bolognese. Chiamato dai Melzi, a quanto pare, per la fama che gli veniva dall'alloggiare in casa Langosco, molto probabilmente chiamatovi per assistere la contessa, da tempo preda di un malefizio, don Giulio Cesare dapprima s'intrattenne col senatore, passò poi a interrogare Caterina. Evidentemente aveva degli indizi che, riguardo al male della contessa Langosco, lo portavano a Caterina: e infatti Caterina gli confessò di avervi avuto parte.

Don Giulio Cesare la sapeva davvero lunga, in fatto di stregoneria. Domandò carta, penna e inchiostro: ché di quanto Caterina avrebbe detto "voleva dar parte al signor Cardinale"; poi la fece inginocchiare ai suoi piedi, esortandola a fare piena confessione, e specialmente di quel che sapeva sul malefizio della contessa. Caterina raccontò di essere stata presente alla preparazione di un unguento che doveva servire a ungere la contessa; e mandante del malefizio era un cavaliere, di cui non sapeva il nome ma che era in grado di descrivere, che si era innamorato della contessa: e l'unguento aveva il potere o che la contessa si innamorasse del cavaliere o che per consunzione si spegnesse. La strega che sapeva preparare quell'unguento – di difficile composizione, essendone base certe parti del corpo di un uomo morto per impiccagione – si chiamava Margherita, e stava in Casal Monferrato. Da lei Caterina aveva appreso l'arte della stregoneria. E ancora raccontò che, preparato l'unguento, Margherita la invitò ad andar con lei alla villa della contessa, per somministrarglielo. Ma la lasciò ad aspettare fuori: e quando, dopo un poco, tornò, aveva "forma di gatto". Ma "ritornò in suo stato" subito dopo, raccontando a Caterina quel che aveva fatto alla contessa e poi facendo materializzare nell'aria un cavallo, su cui entrambe montarono. Ma ad un certo punto scappò a Caterina di dire "Gesù, com'è lungo questo viaggio", sicché si trovò a terra, tra le spine: e il cavallo e Margherita erano scomparsi nella notte.

A don Giulio Cesare sembrarono soddisfacenti le rivelazioni di Caterina, confermando quel che lui sospettava ci fosse nei mali della contessa. E tornò da Caterina il giorno di Natale, a beneficarla di un sermone sulla Passione di Nostro Signore e sulla protezione che la Madonna accordava anche ai peccatori pentiti. E di questo lei non doveva dubitare, anche se aveva dato l'anima al diavolo. "E mentre ciò diceva, essa donna si commosse in maniera tale che si mise a piangere, dimandando perdono a Dio e alla Vergine Santissima dei suoi peccati; ed esso monsignore le disse se si accontentava di far una disciplina per amore della Madonna, e lei disse che sì, e così si mise a disciplinarsi con una disciplina che le diede il detto monsignore, e mentre io e il detto monsignore dicevamo il Miserere, essa Caterina si disciplinò in tal modo che quasi si fece uscir sangue dalla schiena."

Chi parla è un certo Paolo, servitore di casa Langosco: e la sua testimonianza sta in luogo di quella che don Giulio Cesare non poteva rendere, essendosene forse tornato a Bologna.

Il 27 dicembre Caterina fu consegnata al Capitano di Giustizia. Il 30, quando cominciano a interrogarla, tutte le testimonianze a suo carico sono state raccolte: e consistono, quasi tutte, nell'avere assistito al rinvenimento dei groppi diabolici e nell'aver sentito Caterina confessare di essere una strega. C'è chi, dei racconti che lei andava facendo delle proprie e delle altrui operazioni di stregoneria, ricorda dei dettagli che altri dimentica o trascura: ma tutti sostanzialmente concordano nel riferire il visto e il sentito.

Ma son da considerare a sé le testimonianze dei medici, dei "fisici" come allora erano chiamati: Ludovico Settala, Giacomo Antonio Clerici, Giovan Battista Selvatico.

Viene prima sentito – come il più illustre, il più carico d'anni e d'esperienza – il Settala. Dice (e continuiamo a render più chiara quella che Manzoni chiamava "la dicitura", a scioglierne le frasi – sarebbe il caso di dire – più "groppite", a dare più ordinato ritmo alla punteggiatura, a dar luogo o a sostituire qualche parola che manca o che oggi ha diverso significato o non ne ha più):

"Più di una volta ho sentito dal signor Senatore

che pativa dolori di stomaco stravaganti, che all'improvviso sopraggiungevano e all'improvviso se ne andavano lasciandolo libero, come se non li avesse mai avuti; per la qual cosa dimandò aiuto a me e al signor Medico Clerici, poiché andava di giorno in giorno smagrendo e consumandosi. Ci giuntammo dieci o dodici giorni fa, e benché decidessimo di curarlo come un male naturale, restammo però perplessi riguardo alla maniera dei dolori, perché essendo stravaganti ci pareva esserci dentro cosa che ben bene non si poteva ridurre ai suoi principii naturali, e specialmente perché mai aveva avuto febbre. Ma da pochissimi giorni in qua mi fu detto che si era scoperto questa malattia aver origine da causa soprannaturale, essendosi scoperta in casa sua una donna sospetta di strega; per il che subito andai da detto signor Senatore, per sentire i particolari e per certificarmi di una verità che confermava il mio dubbio di prima, sulla stravaganza dei passati accidenti, potendolo ora ridurre a questa causa soprannaturale delle malie, tanto più avendo visto molti altri casi in questa Città, pei quali essendoci noi affaticati invano con rimedii naturali, si è poi scoperto essere causati da malie, che si rendevano curabili con esorcismi soliti. E intesi come questa donna aveva confessato la verità di aver fatto li maleficii a questo signore; e trovandosi presente alla mia visita un religioso esorcista di molto valore, mi disse aver scoperto questa donna esser strega famosa, anzi essere delle segnate e marcate dal Demonio: e perciò non mi meraviglio che il male del signor Senatore non cedesse."

E il Clerici:

"Sono circa quattro anni che servo di medicare in casa del signor Senatore Melzi, e l'ho medicato per infermità di febbre altre volte; e da circa settembre prossimo passato in qua, l'ho medicato d'alcuni dolori di stomaco ch'egli diceva patire, ma dopo aver proposto con la diligenza che dovevo rimedii efficacissimi, credendo fosse male da cause naturali, e dopo averli esso signor Senatore posti in esecuzione con ogni esattezza, nulla è mai giovato; anzi, ribelli i dolori più che mai e in maniera stravagante affliggendolo e consumandolo, restavo fra me stesso meravigliato di tal cosa... Perciò giudicai necessario consultar questo caso, come fu fatto, col signor Ludovico Settala: e tra noi arrivammo alla conclusione esservi gran sospetto di causa soprannaturale..."

Informato della scoperta, il Clerici aveva parlato col parroco di San Giovanni e col famoso esorcista forestiero che stava in casa Langosco: aveva saputo della "estrema difficoltà" (forse aveva esagerato il parroco, forse esagerava il Clerici) che il parroco aveva trovato nel bruciare "un pezzo di detta malia": che, già bruciato, "si raunò e conglobò insieme, e bisognò per forza con un ferro trattenerlo" finché definitivamente bruciò; e dal famoso esorcista aveva appreso che la donna "era strega professa, e marcata dal Diavolo" e che aveva avuto un gran buon maestro, poiché di stregoneria c'era certo una qualche scuola. E chiudeva perciò la sua testimonianza dichiarando di non avere più in cura il senatore, lasciandolo interamente alle cure dell'esorcista. Mirabile comodità venuta in oggi meno alla medicina: a meno che non le si vogliano assomigliare l'attribuire i mali alla psiche e il far ricorso agli esorcismi psicanalitici.

All'indomani della festa di San Tommaso, Giovan Battista Selvatico andò a "far riverenza" al senatore Melzi. Probabilmente per gli auguri del Natale ormai prossimo (ed è da tener presente che questa vicenda di tragica stupidità, e sordida, si agita in casa Melzi nei giorni della festività natalizia e ne è come la dolorosa, negativa, blasfema parodia).

Trovò il senatore in compagnia di Cavagnolo e di Vacallo: "e subito esso signore mi comunicò un gran travaglio, che dice di essere stato maleficiato da una sua fantesca di casa e che a tempo a tempo sentiva tanto dolore di stomaco come se fosse lacerato... Io gli dimandai se era stato visitato da medici per tal dolore e mi disse di sì, dal suo medico ordinario il signor Clerici e dal signor Settala medico straordinario, quali avevano fatto alcuni rimedii, ma poco giovevoli essendo il male non di causa naturale, ma diabolica". Nonostante si dica antico e singolare amico del senatore, il Selvatico fino a quel momento non era stato dunque consultato come medico. Ma è come medico che al processo è poi chiamato a testimoniare.

Per aver praticato tanti anni col Sant'Ufficio, il Selvatico ritiene di sapere come vanno "queste stregonerie": e chiede permesso al senatore di poter parlare con Caterina.

Cavagnolo sempre presente, Selvatico va a trovare Caterina nella camera in cui la tenevano "ristretta". Le parla cerimoniosamente: "Madonna, io sono qui per servizio del signor Senatore ma anche, se volete, per vostro; e vorrei che mi diceste liberamente come stanno le cose, di modo che tutti insieme si possa aiutare questo signore. Né accada che mi rendiate bugie, perché per scrittura e per studio, e per pratica di tanti anni che ho avuto col Santo Officio, io so..."

Caterina "cortesemente" gli risponde che era pronta a dire e a fare tutto quel che da lei si voleva. Riconfessò di aver malefiziato il senatore e di aver fatto all'amore col diavolo, che le si era presentato sotto la sembianza del senatore, sentendosi "commovere carnalmente". Prontissima si dichiarò a disfare quel che aveva fatto: e il Selvatico fece subito portare quell'"involto" di penne e refe (ce n'era ancora uno), comandandole che disfacesse a uno a uno quei nodi: "E fu cosa meravigliosa che sì presto disfacesse tanti groppi così stretti e di refe così sottile, e in questo mentre le si vedeva mancar la carne dalla faccia..."

Disfatto il diabolico "groppo" fatto di diabolici "groppi", bruciati refe e penne, fatte altre domande, rivolta la raccomandazione a che perseverasse nel disfare e non dubitasse dell'aiuto della Vergine e di Gesù, il Selvatico se ne andò con la certezza che il senatore sarebbe migliorato: "E veramente per i due giorni seguenti parve che stesse manco male".

Qualche giorno dopo, capodanno del 1617, i tre medici furono richiamati per rispondere a un preciso quesito: se i mali di cui il senatore soffriva erano tali da portarlo a morte.

Risponde il Selvatico: "L'infirmità del signor Senatore, sopra la quale fui esaminato, era atta a farlo morire; ed è per grazia di Dio che, fatti gli opportuni rimedii da parte degli esorcisti, non muore: perché il Diavolo è potentissimo, il maleficio gravissimo, e costei si indurirà di più stando in prigione". Che è come dire: affrettatevi ad ammazzarla, o alla sopravvivenza del senatore non basteranno più i rimedi degli esorcisti e la grazia divina.

E il Clerici: "Tengo per fermo che se non si fosse scoperto tal maleficio, e per conseguenza la causa di questo male, il signor Senatore era per morire... e tanto più che non mi pare verisimile quello che, per iscusare tanto misfatto, questa strega disse mentre eravamo in casa di detto senatore: che tal maleficio era stato da lei fatto ad amorem". Non per farsi amare, dunque; ma per farlo morire. Che cosa poi, dalla morte del senatore, Caterina avrebbe cavato, il luminare non si dà la pena di domandarselo. Stava in casa Melzi da appena qualche mese: non poteva nemmeno sperare in un piccolo legato.

E il Settala conferma, con definitiva autorità, il responso dei due colleghi: "Dico tale infirmità esser tale che, senza dubbio alcuno, era per apportar la morte... e sono certo questi malefici non esser fatti ad amorem, come spesse volte si fanno, ma ad mortem... E questo è quanto posso dire per l'esperienza e pratica che ho avuto di casi simili, e per quello che ho letto nei gravi scrittori che di questa materia trattano".

È soltanto nella testimonianza del Selvatico che troviamo una sommaria descrizione di com'era Caterina: "carnosa ma di ciera diabolica". Bella o brutta che fosse, il "diabolica" può voler dire, per chi non crede nel diavolo, "affascinante". E la memoria ci corre – vaga è la memoria, a volte capricciosa, quasi mai gratuita – alla Lupa del Verga: "Era alta, magra, aveva soltanto un seno fermo e vigoroso da bruna – e pure non era più giovane – era pallida come se avesse sempre addosso la malaria, e su quel pallore due occhi grandi così, e delle labbra fresche e rosse, che vi mangiavano". Forse un po' meno magra; ma è possibile che il "carnosa" del dottor Selvatico si riferisce soltanto alla prepotenza del seno. Una Lupa, comunque. "Le donne si facevano la croce quando la vedevano passare, sola come una cagnaccia, con quell'andare randagio e sospettoso della lupa affamata; ella si spolpava i loro figliuoli e i loro mariti in un batter d'occhio, e se li tirava dietro alla gonnella solamente a guardarli con quegli occhi da satanasso, fossero stati davanti all'altare di Santa Agrippina." Gli occhi da satanasso: appunto diabolici.

E proprio alla Lupa si torna a pensare leggendo la deposizione del cocchiere di casa Melzi – "auriga" nell'incipit latino del verbale – quando racconta delle dimostrazioni d'amore che gli faceva Caterina, delle carezze, degli inviti: "e a volte mi diceva ch'era innamorata dei miei occhi, e che i miei occhi dicevano che ero capace di cavalcare a tutte le ore" (e il cavalcare, inutile spiegarlo agli italiani, non si riferiva all'aver a che fare coi cavalli dell'"auriga"). E una volta gli disse che mai lo avrebbe preso per marito, perché sempre avrebbe avuto gelosia e il timore che gli facesse "qualche corno". Quando poi cominciò a soffrire dei dolori di stomaco, lei lo avvertì di guardarsi dai malefizi: quasi a intenzione di dirgli che il malefizio veniva da lei e che amandola gli sarebbe stato tolto. "Ma io" – dice il cocchiere – "per rispetto del Padrone non ho mai voluto, né ebbi mai intenzione di aver a far seco." Ma con tutta probabilità mente: la porta della camera di Caterina era ogni notte aperta a chiunque volesse "negoziarla", padrone e servi. E ambiguamente il cocchiere usa l'espressione "per rispetto del Padrone": che può voler dire rispetto a non fornicare sotto il suo tetto, ma può anche voler dire – usando una metafora che una volta usò Lenin – rispetto a non bere nello stesso bicchiere.

Ma a questa seconda ipotesi, che non poteva non trovar luogo nelle maliziose menti degli inquirenti, e di cui certamente qualcosa traluceva nelle domande che gli rivolgevano, il senatore reagisce con una energia e uno sdegno che sarebbe dovuto apparire – come appare – alquanto sospetto: "La qualità di questa donna è tale, per essere d'età di circa cinquant'anni, sporca e di bruttissima fisionomia, che non soltanto io, con l'età che mi trovo ad avere e con l'austerità che tutti mi conoscono, ma nemmeno un qualsiasi giovane libidinoso la guarderebbe, e sicuramente la disprezzerebbe; e perciò poteva fare a meno di farmi quello che mi ha fatto, essendo peraltro io sicuro che per qualsivoglia fattura malefica non si possa violentare una creatura ad amarne un'altra. Ed è il Demonio che inganna con questo fine ad amorem, e fa operare questi maleficii che tormentano poi ad mortem. E ancora voglio dire che non ho mai avuto per lei la minima inclinazione, né in sogno né altrimenti; e che anzi mi dispiaceva tenerla in casa per la sua mala ciera..."

Ci sono, in questa excusatio non petita del senatore ("excusatio non petita, fit accusatio manifesta"), o petita cautamente, con qualche insinuazione, con qualche allusione, delle evidenti esagerazioni. Intanto, l'età di Caterina: gli inquirenti la dicono quarantenne; noi, sommando gli anni della sua vita così come lei li scandisce, arriviamo a quarantuno, quarantadue anni. E in quanto alla bruttezza: nessun altro ne parla con la veemenza e repugnanza del senatore. Abbiamo sentito il Selvatico dirla "carnosa ma di ciera diabolica", che non sta per brutta ma piuttosto, come oggi si direbbe, per "interessante"; né la dice brutta il cocchiere, che negando di essere stato al gioco di lei, e di essere entrato nel suo letto, non dice di esserne stato distolto dalla laidezza, ma dal rispetto che doveva al padrone. E nemmeno è credibile che fosse sporca, se Ludovico Melzi ammette che "mentre detta Caterina è stata in casa nostra ha servito talmente bene in cucinare ed è stata così fedele riguardo alla roba, che niente di meglio si poteva desiderare". Si fossero tenuta a cucinare una donna così sporca, vorrebbe dire che la sporcizia allignava in casa Melzi a prescindere dalla presenza di Caterina.

Una stranezza di questo processo è che il senatore Luigi Melzi, vivo e vegeto a quel momento, e in piena facoltà d'intendere e di volere, vi compare come testimone e non come principale e diretta parte lesa, qual era secondo la confessione di Caterina e per le coliche (ad mortem, come assicuravano i medici) di cui lei lo aveva malefiziato. Forse c'era stata da parte sua, dettata dalla paura che si scoprissero le sue notturne visite alla serva, una certa resistenza a credere o almeno un tentativo di temporeggiare. Si spiegherebbe così la lunga attesa dell'arrivo di Cavagnolo, di quasi venti giorni: e forse con la speranza che Cavagnolo riducesse la consistenza delle rivelazioni di Vacallo o portasse un qualche elemento che, nella vicenda di Vacallo, desse a Caterina un ruolo marginale, se non addirittura incolpevole. Ed è facile immaginare che Ludovico sapesse già delle notturne evasioni del padre dal proprio letto a quello di Caterina, e se ne preoccupasse ancor prima che Vacallo provvidenzialmente arrivasse. Aveva passati i sessant'anni, il senatore: e c'era il rischio che, anche senza gli stregoneschi incantesimi, restasse incantato di più umano e senile incantamento. In simili situazioni sempre i figli hanno visto pericolante, oltre che il senno del padre, e conseguentemente, la roba: e sempre non hanno trovato di meglio che far scomparire dall'orizzonte familiare, con le buone o con le cattive, la donna in cui l'anziano genitore trova le ultime reliquie della gioia di vivere. Preoccupato, dunque, delle coliche del padre, ma ancor più del suo quasi sonnambolico approdare al letto di Caterina, Ludovico avrà cominciato ad avere quelle digestioni agre e stentate, in una delle quali Manzoni lo coglie, nel dopodesinare, l'11 novembre del 1630 (ed è possibile Manzoni pensasse appunto alle coliche del senatore, nel momento in cui gli veniva alla fantasia e alla penna quel dettaglio sulla deficienza gastrica del figlio che è diventato l'indimenticabile attacco del capitolo XIII); e con esultanza avrà accettato le rivelazioni di Vacallo. Ma, si può ancora immaginare che il figlio, temporeggiando il senatore fin oltre l'arrivo di Cavagnolo, avrà voluto metterlo di fronte al fatto compiuto querelandosi in proprio nome. Dopo di che al senatore non restava che di convincersi di essere vittima di una stregoneria, e che Caterina era davvero "strega professa". Tutto concorreva a convincerlo, e tutti. Ma soprattutto il fatto di star meglio, come dichiara: "Non solo mi sono cessati i dolori, ma anche posso dire d'esser quasi risanato di questo male; e mentre prima non potevo dormire, da tre giorni in qua riposo alle ore debite e mi trovo a star molto meglio di prima che il Reverendo mi facesse gli esorcismi".

Visse, infatti, ancora per dodici anni. Ma morì di colica: il 16 luglio 1629.

Il 30 dicembre cominciò l'interrogatorio di Caterina.

Raccontò la sua vita, sommariamente, fino a quel punto in cui la fatalità, in casa Melzi, l'aveva colta e consegnata alla tremenda giustizia che ora la spremeva. La fatalità e il suo desiderio d'amore, il suo voler essere comunque amata.

Era nata a Broni, nell'Oltrepò pavese. Maestro di scuola a Pavia, il padre: e perciò lei sapeva leggere e scrivere; e bisogna anche dire che sapeva esprimersi un po' meglio degli altri, se nei verbali le parti in cui è lei a parlare sono le meno aggrovigliate, le meno confuse. Sposata a tredici anni con un tale di Piacenza, Bernardino Pinotto di nome. Sei anni dopo, muore il marito. Caterina comincia la sua vita di serva: in casa di certa Apollonia Bosco, a Pavia, per un anno; poi, ancora per un anno, da un oste, nel Monferrato; poi a Trino, per quattro anni, in casa di un mercante di panni. Passa poi a Occimiano, dove resta per dodici anni. Entrata come serva in casa del capitano Giovan Pietro Squarciafigo, ne era diventata la donna: senza però smettere, si capisce, di esserne la serva. Il Cavagnolo, sempre infaticabile sui fatti altrui, dopo la storia di Vacallo, trovandosi nel Monferrato, andò a Occimiano per informarsi "della qualità di detta Caterina fantesca": qualità che gli risultò pessima, a conferma del peggio che già ne pensava: "Comunemente era tenuta per donna impudica e strega; non maritata, ma aveva partorito due figlie ad un tal capitano che si riteneva avesse affascinato; e detto capitano era gentiluomo da cinque a sei mila scudi di entrata". Caterina, non ci fu bisogno di metterla a confronto di Cavagnolo perché ammettesse il concubinato con Squarciafigo, le due figlie, Vittoria e Angelica, che il capitano si era tenute e che lei, dopo anni, era andata una volta a trovare; e ammise anche di avere, una volta con buon esito, altra volta con fallimento, fatto operazioni di magia a che il capitano non la cacciasse di casa: ma la seconda volta c'era di mezzo il vescovo di Casale, che al capitano aveva imposto di metter fine a quella peccaminosa e scandalosa sua vita, cacciando di casa Caterina. Dove si vede che non c'è magia che valga, di fronte al dettame di un vescovo.

Caterina parla anzi, ad un certo punto, di tre creature partorite al capitano: e pare che Squarciafigo l'abbia cacciata quando la terza era appena nata, misconoscendone violentemente la paternità: "e diceva che io avevo avuto a che far con altri, e che perciò l'ultima creatura non era sua". E che cosa ne fosse poi di questa terza creatura, non lo dice: per stenti o malattia, o per insieme le due cose, molto probabilmente era morta qualche mese dopo.

Venuta a Milano, Caterina si alloga dal conte Filiberto della Somaglia per qualche mese; passa poi a casa Vacallo ("non ci fossi mai andata!") per due anni. Licenziata da Vacallo, andò, secondo Vacallo e Cavagnolo, in casa del conte Alberigo Belgioioso; ma Caterina dice di essere stata per tre mesi in casa di Federico Roma, che lasciò per andare a Occimiano, chiamata da Squarciafigo e per riscuotere del denaro, "guadagnato col mio sudore", che par di capire aveva dato in prestito. E aggiunge: "e vi andai anche per vedere le mie due figlie".

Ci sta due mesi, e torna a Milano. Per undici mesi a servizio da un medico, per tredici dal capitano Carcano (tre capitani nella sua vita: ma questo è il solo che non ha da dolersene, e le dà anzi le credenziali che la faranno assumere in casa Melzi), per tre da Girolamo Lonato; e infine, dalla Madonna di mezz'agosto in poi, dal senatore Melzi.

A parte il rammarico di essere andata da Vacallo, che aveva servito con cura e fedeltà e ne era stata compensata con tutto quel che ora si trovava a soffrire, nel suo racconto c'è una sola nota di rimpianto: quando dice di aver lasciato Pavia – evidentemente dopo la morte del marito – per il poco cervello che aveva. "Mi menò via un giovane milanese": e non dice altro di questa che, tra le sue esperienze, sarà stata una delle più dolorose.

In quanto ad aver malefiziato il senatore – "perché detto signor Senatore mi volesse bene e mi negoziasse carnalmente" – Caterina non nega, e torna a raccontare agli inquirenti quel che in casa Melzi aveva già ripetutamente raccontato. Tiene però a dire che il malefizio da lei operato non era propriamente un malefizio, nelle sue intenzioni. Non contraddice medici, esorcisti e inquirenti dicendo che il mal di stomaco e i vomiti del senatore erano altra cosa, d'altra natura o naturali: o per prudenza o perché crede ci sia stato una specie di disguido, l'inserirsi di una volontà ad mortem nelle sue intenzioni ad amorem; e probabilmente da parte del demonio stesso, che con inganno si era servito di lei. E per essere stata strumento del non voluto ma effettuale malefizio, ecco che lei ha rivolto alla Madonna preghiere e rosari, le ha fatto portare come ex voto un cuore d'argento del costo di sette lire, ha fatto dire messe in tante chiese e a tanti altari, ha pregato particolarmente San Defendente affinché, liberando il senatore dal mal di stomaco, "possa liberare me ancora". Tanto era lontana dall'immaginare quel che immediatamente l'aspettava e che nei giorni a venire si sarebbe efferatamente moltiplicato.

Gli inquirenti fanno di tanto in tanto qualche domanda o soltanto la esortano a parlare. E Caterina parla, parla: racconta daccapo la sua vita, aggiunge qualche dettaglio, slarga certi episodi. E, naturalmente, si contraddice: non sulla sostanza dei fatti e nell'ammissione o negazione delle proprie colpe, ma – per sfagli della memoria – sui tempi, sull'ordine temporale dei fatti, dei luoghi, degli incontri. E capiterebbe anche a noi.

Si direbbe che il racconto della sua vita si allarga e propaga concentricamente: così come "per acqua cupa cosa grave" cadendo produce cerchi sempre più larghi, fino a lambire le sponde e a spegnervisi. Racconta di avere appreso i primi rudimenti della stregoneria – soltanto quel che poteva servire a legare a sé un uomo – da una donna di Trino; ma la sua vera maestra era stata la

Margherita di Casal Monferrato ("qual era meretrice, bella, giovine di ventun anni incirca"), anche se poi altra ne aveva incontrato di nome Francesca. E nel suo racconto il diavolo dapprima si affaccia come invocato da lei per disperazione, nei momenti di grande stanchezza o quando più si sentiva oggetto di disprezzo; un diavolo quasi per modo di dire – mi porti via il diavolo! – invocato e inaspettatamente e in tutta disponibilità apparendole. Ma man mano che il racconto procede e si ripete e si allarga, il diavolo, i diavoli coi loro nomi – d'invenzione che si potrebbe dir comica, come nel canto ventunesimo dell'*Inferno* – sovrastano, dominano, spuntano da ogni luogo e momento della vita di Caterina, ne sono l'essenza, il gusto, il piacere. Evidentemente Caterina si era accorta che i suoi giudici sul diavolo e le sue prodezze amatorie amavano intrattenersi: e perciò chiama a raccolta nella sua memoria tutto quel che sul diavolo sa, le paurose cose ascoltate da bambina nelle sere d'inverno accanto al fuoco, le storie sentite dai predicatori e quelle sentite dalle sue maestre, i sogni, le estasi dei momenti d'amore umano che era riuscita a raccattare; e anche le immaginazioni – non ne dubitiamo – suggeritele da quel famoso esorcista forestiero che l'aveva interrogata in casa Melzi.

Tra l'altro, Caterina torna a raccontare del malefizio fatto da Margherita alla contessa Langosco, del suo accompagnarsi a Margherita la notte in cui andò a ungere la contessa di quell'immondo unguento. Questo secondo racconto è più dettagliato del primo, aggiungendovisi anche la descrizione del gentiluomo che aveva dato a Margherita l'infame incarico di malefiziare la contessa: "ed era un bel gentiluomo, grande, con barba rossa, bella faccia, begli occhi, di circa quarant'anni, vestito di nero". Ma ad un certo punto, parlando della cavalcata nella notte, su quel nero cavallo che Margherita aveva fatto sortire dal nulla, dà una versione diversa dell'incidente per cui lei si era ritrovata a terra, tra le spine: "Dopo aver camminato sopra detto cavallo un buon miglio in circa, io mi sentivo scottare da detto cavallo e dissi 'o Gesù Maria, mi sento scottare': e di colpo scomparvero Margherita e il cavallo, e io restai in mezzo a un bosco di spine che potevano essere le due ore di notte". Come non pensare che avesse mutato la ragione del suo invocare Gesù e Maria a compiacenza degli inquirenti, offrendo loro un cavallo che, provenendo dall'inferno, dalle vampe infernali, doveva necessariamente scottare come un ferro da stiro?

I giudici non notano la contraddizione, forse la mettono in conto della maggiore sincerità che Caterina sente di dovere a loro e agli argomenti, agli strumenti, di cui per l'accertamento della verità dispongono. Ma poco dopo di nuovo si contraddice: poiché – dice – scoprendo, all'alba di quella famosa notte, di essere vicina a Mortara, vi andò; e da Mortara andò a Pavia, dove stette tre mesi da suo fratello, per tornare poi a Occimiano, dove Squarciafigo l'aveva chiamata perché una delle figlie si era scottata una gamba. Poiché questa contraddizione non è di vantaggio alla verità – e cioè alla menzogna – i giudici la colgono. La redarguiscono, si corregge: non a Occimiano era andata, ma a Milano. Ed è evidente che la confusione dei tempi le veniva dalla immediata associazione di un particolare inventato – il cavallo che scotta – a un particolare reale: la scottatura della figlia.

E a questo punto Caterina implora: "Signore, sono stanca dello star tanto in piedi, e per il digiuno, e per il travaglio; e perciò se mi lascia riposare e mi fa dar da mangiare, dirò poi la verità di quello che so".

L'accontentano. Viene riconsegnata agli sbirri, che la riportano al carcere.

L'indomani l'interrogatorio riprende, alacre e fruttuoso, dal punto in cui era stato interrotto: il sodalizio con Margherita, quel che da Margherita aveva appreso, quel che insieme avevano operato. Caterina la descrive ora più dettagliatamente: giovane di ventun anni, con due begli occhioni neri e grossi che parevano due prugne, grassa, brunetta, vestita di saglia gialla, maritata forse da un paio d'anni. Ma si intenda il "grassa" nel senso di allora della bianchezza e del colore, della morbidezza e dello splendore delle carni: non magra, insomma; florida, piuttosto: come allora le donne piacevano e piacciono, solo che ora di piacere agli uomini le donne cominciano a infischiarsene.

Così giovane, Margherita era già strega di indefettibile professionalità (chi ama questa parola oggi in moda – professionalità – se la tenga anche per la stregoneria di ieri e di oggi). E qui siamo tentati, sul nome di Margherita, di darci a un gioco di citazioni, di richiami, di suggestioni. Ma lo risparmiamo al lettore, anche perché può farselo da sé.

Margherita, Caterina la conosceva da prima che insieme andassero alla villa della contessa Langosco per malefiziarla in modo tale che dopo anni non solo la contessa non si era ripresa ma, conservando intatta la sua virtù, era ormai, per così dire, al lumicino. E si erano annusate e conosciute, Caterina e Margherita, per – dal demonio eletta e prediletta – affinità, essendo già, ciascuna per suo conto, state iniziate a pratiche di magia nera. E però Margherita era già a un grado, come si è detto, di perfetta professionalità, al punto da esercitarla anche per conto di una clientela; mentre Caterina era ancora al livello della curiosità, dello stupore e, insomma, del dilettarsene.

A iniziare Caterina ("ecco finalmente la verità!", avranno pensato i giudici) era stato un certo Francesco, bandito per avere ammazzato un suo zio, che a Occimiano andava a trovare Caterina di notte (e dunque Squarciafigo non aveva poi torto, quando l'accusava di aver a che fare con altri): e una sera, disperata perché Squarciafigo minacciava di cacciarla da casa, al dire di Francesco che l'avrebbe liberata da un tal pericolo, ma lei dicesse quel che era disposta a pagare, Caterina rispose che avrebbe pagato tutto quel che lui volesse: e intendeva di denaro. Ma Francesco intendeva ben altro prezzo: e tornò infatti otto giorni dopo, e cavando dalla calza una carta e un ago, le disse che si trattava di dar l'anima al demonio; e, fatta la cessione, non solo Squarciafigo se la sarebbe tenuta in casa, ma avrebbe finito con lo sposarla. Caterina non ci stette a pensare: per come Francesco le dettava, si punse un dito della mano sinistra a farne uscir sangue; nel sangue Francesco intinse, a modo di penna, l'ago e tracciò sulla carta cinque lettere; lo passò poi a lei a che tracciasse un circolo: ed ecco che in forma d'uomo grande, e di bruttissima ciera, comparve il diavolo: "ma non mi disse cosa alcuna, e nel tempo di un'Avemaria scomparve; né d'allora in qua ho mai più visto detto Francesco, anzi ho inteso che è morto". Le cinque lettere tracciate da Francesco non ricorda quali fossero, del cerchio da lei disegnato dice fosse consapevole che la obbligava a darsi in anima e corpo al diavolo. In corpo, "come poi feci", dopo che il demonio cominciò a comparirle "famigliarmente" e le promise che molte gioie carnali le avrebbe dato: "e io da allora in qua ho poi sempre compiaciuto della vita mia a chi me ne ha chiamato". In quanto a "negoziare" col diavolo, ammette di averlo fatto una volta sola, e con molto gusto ("assai più gusto sentivo quando mi negoziava il Demonio che quando mi negoziavano gli uomini"). E di quell'amplesso dà una descrizione che può apparire peregrina, ma che si può quasi esser certi che proviene dal favoleggiarne tra fattucchiere, se non addirittura da qualche manuale inquisitoriale. E può anch'essere sua fantasia, suo sogno, suo delirio: ma è certo che questa, come tante altre cose che racconta, a noi incredibili e repugnanti, per gli inquirenti sicuramente verosimili e godute, son frutto della paura, del terrore e del dolore.

Si era stabilita, e specialmente in quel secolo, una funesta circolarità: antiche fantasie e leggende, antiche meraviglie e paure che erano credenze del mondo popolare, per la Chiesa cattolica a un certo punto si configurarono come un pericolo, come elementi di una religione del male che appunto a quella cattolica – del bene – si opponesse. E quell'antico favoleggiare si configurò, fu configurato, come pericolo: per l'ovvia ed eterna ragione che ogni tirannia ha bisogno di crearsene uno, di indicarlo, di accusarlo di tutti quegli effetti che invece essa stessa produce di ingiustizia, di miseria, d'infelicità tra gli assoggettati. E certo quelle credenze avevano diffusione: ma a misura in cui ingiustizia, miseria e infelicità erano dal sistema dominante in maggiore quantità e con accelerazione prodotte. Come a dire: provata la religione del bene, che tanti mali ci apporta, proviamo se ci va meglio quella del male. Che può sembrare battuta banale o grossolana, ma è tutt'altro che priva di verità: a rendere quel che accadeva a livello di psicologia individuale, o di ristrette collettività. Caterina Medici, infatti, si rivolge al diavolo nei momenti di grande stanchezza e disperazione, quando non ne può più. Lo invoca a che la porti via, nel suo regno che irride a quell'altro cui pure lei crede ma di cui non trova un segno, una risposta, un barlume di grazia nella dolorosa sua vita.

Colte nella tradizione popolare e nel farneticare di alcuni, queste credenze venivano da dotti religiosi accuratamente catalogate e descritte, passavano ai predicatori, ritornavano al popolo autenticate, certificate: e ancor più così si diffondevano. Una perversa e dolorosa circolarità.

Dice il Manzoni nel capitolo XXXII, mettendo la credenza negli untori alla pari di quella nelle magie: "Citavano cent'altri autori che hanno trattato dottrinalmente, o parlato incidentalmente di veleni, di malie, d'unti, di polveri: il Cesalpino, il Cardano, il Grevino, il Salio, il Pareo, lo Schenchio, lo Zachia e, per finirla, quel funesto Delrio, il quale, se la rinomanza degli autori fosse in ragione del bene e del male prodotto dalle loro opere, dovrebb'essere uno de' più famosi; quel Delrio, le cui veglie costaron la vita a più uomini che l'imprese di qualche conquistatore, quel Delrio le cui *Disquisizioni Magiche* (il ristretto di tutto ciò che gli uomini avevano, fino a' suoi tempi, sognato in quella materia), divenute il testo più autorevole, più irrefragabile, furono, per più di un secolo, norma e impulso potente di legali, orribili, non interrotte carneficine". E, a dir meglio di noi quel che stiamo tentando di dire, aggiunge: "Da' trovati del volgo, la gente istruita prendeva ciò che si poteva accomodar con le sue idee; da' trovati della gente istruita, il volgo prendeva ciò che ne poteva intendere, e come lo poteva; e di tutto si formava una massa enorme e confusa di pubblica follia."

E sarebbe da vedere, con minuzioso confronto, quante cose, quante immagini, nella perversa circolarità che si era stabilita, passarono dalle *Disquisizioni Magiche* del gesuita Martino Del Rio in quel che Caterina, ad appagare gli inquisitori, confessava di sé, del suo essere "strega professa".

Benché Caterina avesse confermato quel che aveva confessato in casa del senatore, aggiungendo altri particolari riguardo al malefizio operato sul senatore ed esplicitamente confessando due fatti che erano, per l'accusa, due pilastri di inattaccabile solidità – il patto col diavolo firmato col sangue, l'aver "negoziato" con sommo gusto col diavolo sapendo che era il diavolo – il Senato, che ne ebbe relazione dal Capitano di Giustizia, dispose che venisse torturata nei modi e nei tempi che paressero più opportuni alla Curia: al fine di conoscere altre verità. Ma "la tortura non è un mezzo per iscoprire la verità, ma è un invito ad accusarsi reo ugualmente il reo che l'innocente; onde è un mezzo per confondere la verità, non mai per iscoprirla": e questo i giudici lo sapevano anche allora, si sapeva anche da prima che Pietro Verri scrivesse le sue *Osservazioni sulla tortura*, si è saputo da sempre. Nella mente e nel cuore, in ogni tempo e in ogni luogo, ogni uomo che avesse mente e cuore l'ha saputo: e non pochi tentarono di comunicarlo, di avvertirne coloro che scarsa mente e poco cuore avevano.

Ma il Senato e la Curia non volevano la verità,

volevano creare un mostro che perfettamente si attagliasse al grado più alto di consustanziazione diabolica, di professione del male, di cui i manuali di demonologia, classificando e descrivendo, deliravano. Si voleva, insomma, costringere Caterina, coi tormenti, a uguale delirio. E Caterina non può che accontentarli. Poiché il Senato, nella sua ordinanza, menzionava particolarmente due tipi di tortura – la corda e la tavola – non sappiamo quale le abbiano dato, o se tutte e due. Dopo di che Caterina ancora una volta si dichiara disposta a dire la verità. E comincia col dire che la lettera trovata nella sua cassapanca era di suo fratello Ambrogio, che però l'aveva fatta scrivere dal figlio Giovanni: e le informazioni riguardavano la salute del marito di lei, quel Bernardino Pilotto "che faceva il mestiere del Michelaccio, e io ero forzata a fare il bordello per mantenere lui" (e a questo punto non si capisce più se il marito, a quell'ultimo giorno dell'anno 1616, era morto, come prima aveva asserito, o ancora vivo: tanto dubitiamo che la tortura servisse ad acclarare anche le verità più irrilevanti). Passa poi a precisare che lei aveva un demonio addetto, e che le era stato assegnato da Lucifero in persona; ma si impunta a negare di essere stata al "barilotto", di conoscere una formula precisa per liberare il senatore dal mal di stomaco e che il demonio fosse stato presente al momento in cui lei metteva le cose "groppite" nei cuscini e nel materasso del senatore (ma non negava che fosse stato presente quando lei "groppiva"): al che i giudici ordinano si rimetta alla tortura – questa volta, sappiamo, della corda – contestandole che non dice la verità e che "non è pensabile abbia commesso soltanto i maleficii fino allora confessati". E poiché le era stata messa la corda al braccio destro, mentre la si stringeva disse: "Dirò la verità, fatemi dislegare". E la verità era in tutto un elenco di nomi: il conte Alfonso Scaramuzzo, Francesco Savona, Francesco Matelotto, Giacomino del Rosso servo del conte, un Bartolomeo che stava a Trino, un Giovanni Ferrari cocchiere del conte della Somaglia, un Ugo servitore di Federico Roma, un Pietro Antonio Barletta che stava in casa di Squarciafigo: persone tutte da lei malefiziate. Confessò anche di avere una volta abortito: e da questo parte per fare altro elenco: di bambini che aveva malefiziato, con esito letale, a Occimiano, mentre a Milano – dice – "non ho guastato altro che due creature": una fino alla morte, l'altra salvata "perché gli rimediai". Ma non erano poi soltanto due: continua a elencare, a indicare per nome o per strada o per quartiere. E – "voglio dire tutto senza che Vostra Signoria mi faccia dare più tormenti" – confessa di essere stata al "barilotto" per circa dodici volte.

Il "barilotto". Gliene aveva già domandato il famoso esorcista bolognese e Caterina, negando di esserci stata e molto probabilmente dicendo di non sapere cosa fosse, ne avrà avuto da lui una spiegazione e descrizione che le sarà tornata utile (tremenda utilità, da ancor più avvicinarla al supplizio) nella descrizione che ora ne fa ai giudici. E non che si voglia credere che davvero Caterina non sapesse che cosa era il "barilotto", allora al vertice di tutti i deliri, popolari e dotti, sulle streghe. Forse la prima volta la si trova, questa parola, in una lettera di Giovanni da Beccaria a Ludovico il Moro (24 ottobre 1496, da Sondrio): là dove dice di aver consultato "uno striono de quelli che vanno nel Berloto, secondo il vocabolo loro", uno stregone di quelli che vanno al "barilotto": che era la periodica riunione di streghe, stregoni e diavoli: baccanale, orgia, tregenda fatta di blasfemi insulti alla Croce, di smisurate mangiate e bevute, di mostruosi accoppiamenti. E presiedeva, in trono e regalmente vestito, Satana: adorato come dio.

Per coloro che ci credevano, ed erano tanti, al "barilotto" di Lombardia accadeva, né più né meno, quel che si diceva accadesse sotto il noce di Benevento. E del noce di Benevento, della sua leggenda, Caterina indubbiamente si ricorda quando dice che i "barilotti" cui lei aveva partecipato si svolgevano sotto un noce.

Chi vuol saperne di più, sul "barilotto", sul noce di Benevento, può anche fermarsi alla *Caccia alle streghe* di Giuseppe Bonomo e al *Paese di cuccagna* di Giuseppe Cocchiara. E faremo a meno di darne la descrizione che Caterina ne fa minuziosamente ai giudici, poiché quel godimento che certo ai giudici diede noi non siamo minimamente capaci di sentire. Ci interessa, invece, la parola; e di come dai dizionari della lingua italiana sia in quel significato scomparsa, ammesso che qualche volta, da qualcuno, sia stata presa in considerazione. Ma è da dire che se è scomparsa, o non è mai entrata nei dizionari, nell'uso è continuata a vivere lontanamente adombrando quel significato. Barilotto o barilozzo, dice il dizionario del Battaglia, è il centro del bersaglio: cerchietto di piccolo diametro: per il tiro con armi portatili. Ma, possiamo aggiungere, barilotto è anche, per estensione, la baracca in cui, nelle fiere, si fa il gioco del tiro al bersaglio. E ricordo che negli anni della mia infanzia, nei giorni della festa patronale in cui i girovaghi piantavano giostre, baracche in cui si facevano lotterie e giochi di forza e di abilità, e anche quello del tiro al bersaglio, di chi frequentava questo si parlava quasi come di un debosciato. "Il tale va al barilotto": come andasse a un luogo di perdizione. E me lo spiego oggi, che cosa si intendeva dire: improvvisamente rivedendo nel ricordo quei baracconi del tiro al bersaglio, dove invitanti al gioco, pronte a ricaricare la carabina, a porgerla con sorridente civetteria al tiratore, a commentare scherzosamente il tiro, erano sempre delle procaci donnine, da disegno e colore di Maccari. E dunque l'andare al barilotto era un andarci per loro, un accendersi al peccato della loro effimera compagnia.

Per la verità che vogliono i giudici, a farla apparire “verosimile” (“Terribile parola: per intender l'importanza della quale, son necessarie alcune osservazioni generali, che pur troppo non potranno esser brevissime, sulla pratica di que' tempi, ne' giudizi criminali”: dice il Manzoni nella *Storia della colonna infame*, alla quale mai ci stancheremo di rimandare il lettore, e per tante ragioni: che sono poi quelle per cui scriviamo e per come scriviamo; e ora, anche, per apprendervi il senso che aveva allora questa “terribile parola”); a farla, dunque, apparire “verosimile”, Caterina adotta febbrilmente, con delirante lucidità, un sistema: che è un modo definitivo di perdersi, di precludersi ogni possibilità di tornare indietro: tanto la paura e il dolore la stringevano. Il sistema di dare morti o malati per suo malefizio bambini e adulti della cui morte o malattia in quel momento si ricorda: di modo che i giudici non hanno che da chiamare i familiari dei morti, e coloro che ancora erano afflitti da un male o ne erano appena guariti, per avere quella che si suol dire la prova provata che Caterina è strega di inaudita e gratuita malvagità, un pericolo pubblico. E così infatti avviene.

Ecco Andrea e Domenico Birago, rispettivamente nonno e padre di un bambino malefiziato, ma non a morte, da Caterina. Dice Andrea: "Ho conosciuto Caterina, che stava per fantesca dal mio padrone, circa due anni fa. E sì, signore, che ho un nipote di tre anni; ed è vero che stette ammalato forse per un mese, nel suo primo anno, e non si conosceva di che male... Ma non lo fecimo visitare d'alcun medico, e fu mentre la detta Caterina stava in casa del mio padrone, e veniva per casa, e faceva carezze a detto figliuolo". E Domenico: "Ho un figliolo chiamato Gerolamo d'età di tre anni; e nel primo anno ebbe un'infermità che durò più di tre settimane. Si ammalò all'improvviso circa alla fine della vendemmia di quell'anno, e andava senza febbre dimagrendo, e diventò fastidioso e malinconico, e pareva gli si storcessero gli occhi; e mentre entravo in pensiero che fosse malefiziato, e volevo consultare qualcuno che se ne intendesse, cominciò a guarire senza che gli facessimo nulla, e guarì: ma non ci accorgemmo mai da dove potesse provenire detto male". E a domanda risponde: "Signore, sì che quando Caterina, allora fantesca del padrone, veniva fuori, faceva grandi carezze al figliuolo".

A far le cose in tutta garanzia, viene chiamata anche la madre del bambino; e conferma quel che il suocero e il marito hanno detto. A tutta garanzia, vogliam dire, che quel che l'imputata aveva confessato si caricasse di un di più di "verosimiglianza", che sulle sue nefandezze non restasse dubbio. E si passa così a Paolo Ferraro, padre di un Franceschino per malefizio di Caterina morto a quattordici mesi: "Ma quando era sano, mostrava averne più assai, ed era grosso e grasso, e cominciava a camminare da solo; e non si conobbe mai la sua malattia... E circa un mese prima che morisse lo feci portare alla chiesa di San Martino Nossigia, dove fu esorcizzato da un frate, il quale disse che il figliuolo era maleficiato".

Un vicino di casa testimonia che il bambino era "sano, bello e ben complesso"; che patì di una strana malattia; che, senza febbre, "andava mancando di giorno in giorno"; che il padre era convinto fosse stato ammazzato da un malefizio. E non ci voleva di più.

Nel suo parossismo a denunciarsi, a sprofondarsi per il diletto dei giudici in ogni abiezione, forse per Caterina lontanamente baluginava la speranza del perdono, se – come poi gli imputati d'unzione – fece dei nomi, tentò di associare altri al proprio destino. Il far nome di sodali, di complici, è stato sempre dai giudici inteso come un passar dalla loro parte, come un rendersi alla giustizia e farsene, anche se tardivamente, strumento; e insomma come il vero ed efficace pentimento. Di ciò ogni imputato si fa cosciente al suo primo incontro coi giudici, e ne fa conto. Ma nel caso di Caterina – come poi in quello dei cosidetti untori – era un conto sbagliato. Si voleva dare un'immagine della giustizia terrificante per gli adepti, che si credeva ci fossero, o che comunque era utile credere che ci fossero, alla stregoneria; e soddisfacente, quasi una festa in cui non si era badato a spese, per il popolo. Il supplizio cui Caterina era destinata obbediva insomma alla ragion di governo, faceva parte del malgoverno nel dar l'apparenza che il governo fosse invece buono, vigile, provvido.

Comunque, Caterina non trascurò di denunciare altri: per lo più donne che a lei si erano accompagnate nelle frequentazioni del "barilotto". E tra queste vengono fuori la Caterinetta di Varese e sua madre, quelle del capitano Vacallo: che in fatto di "barilotto" erano già esperte. E appunto da loro – dice Caterina: in confusione e contraddizione – che fu iniziata al "barilotto". E si direbbe per gradi.

Dapprima è una innocente passeggiata fuori porta, accompagnate da un servo di Vacallo. L'indomani all'alba, non più scortate dal servo, una più lunga passeggiata fino a un prato grande, vicino a una chiesa di frati, dove trovano un ballo già iniziato che due diavoli dirigono. I diavoli, "in forma di uomini giovani, sbarbati, vestiti di nero", hanno i nomi di Vento e di Scirocco. Satana era già andato via. Le tre donne – arrivate in ritardo – entrano silenziosamente ("ché al Barilotto non si può parlare") nel ballo; e finito il ballo Caterinetta si fa "negoziare" da un giovane vestito d'azzurro, la madre da un uomo barbuto; e lei, Caterina, non fu "negoziata d'alcuno, perché non v'era chi mi piacesse". A questa prima esperienza ne seguì altra, l'indomani: "e la Caterinetta fu negoziata da quel medesimo giovane, e io da un Antonio di Varese vecchio che mi negoziò solamente due volte; ma Caterinetta, per quanto mi disse, fu negoziata sette volte". E così via, da un "barilotto" all'altro: e incontrando altre Caterine, altre Margherite.

La Curia pone e bandisce un termine a che qualcuno si presenti ad assumere la difesa di Caterina. Nessuno si presenta: anche perché – ne siamo sicuri dalla lettura di processi consimili di quegli anni, e di cronache – il termine sarà stato di ore, e non di giorni. E poi, non vogliamo credere che in tutta Milano non ci fosse un solo giureconsulto sufficientemente folle da accorrere a quella difesa. Sufficientemente folle, diciamo, per dire umano, generoso, illuminato dall'idea del diritto; e partecipe di quella universale ragione che non nel secolo successivo sarà inventata (anche se in quel secolo conclamata e acclamata), ma perennemente è corsa, vena più o meno affiorante, anche nel tempo più distante e oscuro. Di pochi, d'accordo: ma viva.

Non presentandosi alcuno a difenderla, il processo poteva esser chiuso. La Curia (non ecclesiastica: s'intende Corte di Giustizia, Corte Criminale) si ritirò in camera di consiglio per deliberare la sentenza, che fu di morte per rogo. Ma occorreva la convalidazione del Senato, cui il Capitano ne riferì. Il Senato, poiché molte delle confessioni di Caterina avrebbero interessato la Santa Inquisizione, ordinò venisse consegnata al reverendo padre Inquisitore che, dopo averla esaminata, l'avrebbe restituita al Capitano di Giustizia per l'esecuzione della sentenza. In quanto alla sentenza, al Senato parve alquanto mite: e "preso da disgusto e vivamente preoccupato per queste scelleratezze e per le arti infernali che dappertutto si propagavano, nella città come nella provincia, stabilì che fosse conforme a giustizia, quale esempio e terrore per mostri di tal genere, che a questa sacrilega e detestabile donna fossero adeguati i tormenti". E dunque: "Sia condotta sopra un carro al luogo del pubblico patibolo, ponendole sulla testa una mitra con la dicitura del reato e figure diaboliche, e percorrendo le vie e i quartieri principali della città col tormentarla nel corpo con tenaglie roventi, per poi essere bruciata dalle fiamme..."

Trascritta l'ordinanza del Senato, il giudice Giovan Battista Sacco firmò il fascicolo processuale, vi appose il sigillo. Ma si accorse di aver dimenticato una cosa che poteva essere importante. O forse non l'aveva dimenticata e voleva, così isolata, darle risalto. E aggiunse: "In uno degli interrogatori, Caterina Medici ha detto di aver sempre sentito dire che tutte le streghe hanno il popolo dell'occhio più basso e più profondo delle altre donne". Si legge inequivocabilmente così: "popolo". La pupilla, indubbiamente: corruzione della parola latina e richiamo a quella – *popœù* – del dialetto milanese. Ed ecco un segno di riconoscimento da tener ben presente, e specie da parte dei reverendi padri Inquisitori che quella materia studiavano e catalogavano. E ci chiediamo se quella rivelazione Caterina la facesse per aggiungere un contrassegno al suo confessarsi strega o, non avendo quell'occhio, quello sguardo, per discolparsene.

Il 4 febbraio 1617 si era concluso il processo. Esattamente un mese dopo la sentenza fu eseguita.

Dal registro della Compagnia che assisteva i condannati a morte, apprendiamo che Caterina fu strangolata e poi data al fuoco. Per accrescerle un tormento o per risparmiarglielo? "1617. 4 marzo. Giustizia fatta su la Vetra, fu abbruggiata una Caterina de Medici per strega, la quale aveva maleficiato il Senatore Melzi; fu fatta una Baltresca sopra la Casotta; fu strangolata su detta Baltresca all'alto, che ognuno poteva vedere; ma prima fu menata sopra di un carro e tenagliata. Era sotto l'ufficio del signor Capitano, fu sepolta a Santo Giovanni; questa fu la prima volta che si facesse Baltresca."

La baltresca era una specie di castelletto, a che tutti non perdessero nulla dell'orrendo spettacolo.

E così – assicurò il boia – giustizia fu fatta.

NOTA

Ci sono degli amici, dei conoscenti, dei semplici lettori dei miei libri che, pensando possano suscitare il mio interesse e invogliarmi a riscriverle estraendone un qualche "essemplo", una qualche verità, mi mandano antiche, vecchie o attuali e personali carte che dicono di fatti in cui l'ingiustizia, l'intolleranza, il fanatismo (e la menzogna di cui queste cose si coprono) hanno parte evidente o, quel che è peggio, nascosta. È una cosa che mi lusinga molto, e forse la sola cui – dopo più di trent'anni passati a metter nero su bianco – sono ancora sensibile.

Ma si ha una sola vita, e da tante altre cose insidiata e distratta: sicché amici, conoscenti e lettori sono costretto a deluderli in gran parte, spesso non riuscendo nemmeno a leggere interamente i documenti che tanto premurosamente mi mandano. Peraltro, non sono un gran lavoratore. Non lo sono per nulla, anzi: lontanissima da me l'idea – o il sospetto: poiché il solo sospetto basterebbe a disgustarmene – che lo scrivere sia un lavorare. Lavoro è il fare le cose che non piace fare: e ci sono stato dentro per circa vent'anni, appunto trovando nello scrivere controparte di riposo, di gioia. “Non faccio nulla senza gioia,” diceva Montaigne: e i suoi *essais* sono il più gioioso libro che mai sia stato scritto. E per quanto amare, dolorose, angoscianti siano le cose di cui si scrive, lo scrivere è sempre gioia, sempre “stato di grazia”. O si è cattivi scrittori. E non solo Dio sa se ce ne sono, e quanti: lo sanno anche i lettori.

Ecco, dunque: le carte del processo a Caterina Medici, in fotocopia e trascritte, per circa due anni sono rimaste, insieme a dei libri che più o meno da vicino si riferivano al caso, su un angolo della scrivania, nella mia casa di campagna. Processo e libri mi erano stati dati dall'amico Franco Sciardelli, siciliano che vive a Milano con grande affezione alla città e viva passione per la sua storia. E seguendo il filo del caso, di cui sommariamente mi ero reso conto e che mi interessava, altri libri io ero riuscito a radunare. Ma documenti e libri sarebbero rimasti lì, finché una improvvida (sempre improvvida) mano non li avesse tolti per mettere ordine nel mio disordine, se rileggendo *I promessi sposi*, al capitolo XXXI, l'attenzione non mi si fosse fermata, ossessivamente come la puntina nel disco che gira sullo stesso solco, alla frase con cui Manzoni, a vituperio del Settala, ricorda l'atroce caso. È scattato allora un rinnovato interesse al fatto, più fervido, quasi smanioso: e nel giro di tre settimane ne è venuto fuori questo racconto. Come un sommesso omaggio ad Alessandro Manzoni, nell'anno in cui clamorosamente si celebra il secondo centenario della sua nascita.

INDICE

NOTE

NOTE

NOTE

NOTE

NOTE

NOTE

NOTE

TASCABILI BOMPIANI
Periodico settimanale anno XX "I Delfini Classici" n. 12
Registr. Tribunale di Milano n. 133 del 2/4/1976
Direttore responsabile: Giovanni Giovannini
Finito di stampare nel giugno 1995 presso
lo stabilimento Allestimenti Grafici Sud
Via Cancelliera 46, Ariccia RM
Printed in Italy